名侦探的咒缚

〔日〕东野圭吾 著　　岳远坤 译

南海出版公司

新经典文化股份有限公司
www.readinglife.com
出 品

目录

序　章 1

第一章　纪念馆 13

第二章　大富豪 45

第三章　小说家 93

第四章　委员会 151

终　章 215

序章

"我的结论就是,在你设想的那种情况下,有可能发生相当于广岛原子弹威力五分之一左右的爆炸。这不是悲观的推论,而是精确计算的结果。"

"可科学技术厅却坚持说,从纯度上看,由快中子增殖反应堆产生的钚不可能成为核武器原材料。"

"那只是说,制造不出当年美苏争霸时使用的那些高端武器。但钚-239确实可以引起核爆炸,这一点毫无疑问。"

"印度就曾用从核能发电中提取到的钚进行过核试验。"

"你说得对。"

"谢谢,这些对我很有参考价值,我可能还会来请教你。"

我按了暂停键，关掉录音机，然后看着电脑屏幕确认自己边听录音边输入的内容是否有误。除了少数拼写，基本无误。磁带是我几天前到某大学核反应堆研究所采访时录制的，对方是该所所长、核工程专业的教授。

我正在创作一部关于核抢劫的小说，涉及从核废料处理厂运出的核燃料部分被抢劫的情节。我曾写过一篇关于超大型直升机载满易爆物从快中子增殖反应堆上空坠落的小说，手头这篇将成为它的续篇。我执意探究核能问题，并非单纯将它视为小说的题材。

关掉电脑时，电话铃响了。是讲淡社的文田打来的。他是我的责任编辑，喜欢赛马、卡拉OK，是个电脑盲。每当听我说要用邮件发送稿子时，他都非常为难。

"怎么样了？"文田客气地试探我。

"什么？"我故意装糊涂。让编辑们着急已成为我的一种乐趣。

"我是说，稿子。"

"稿子我还在写啊。"

"有什么问题吗？"

我想象着文田焦急的表情。"啊，问题很多啊，我越深入调查，烦恼就越多。"

"那什么时候能完稿呢？按出版计划应该是六月份……"文田好像无视我的烦恼，他只在意出版日期。编辑们都这样。

"我尽量。"

"拜托了。如果需要什么帮助，请告诉我。"

"知道了。"

我突然想逗逗他，要是拜托他拿摄像机去跟踪运输核燃料的卡车，他会有什么反应呢？但这个冲动也只是停留在想象层面罢了。

挂断电话，我穿好衣服，想去趟图书馆。天空灰蒙蒙的，但看起来不会下雨。

我骑自行车来到图书馆。这是一座白色的钢筋混凝土建筑，没有任何情调可言。不愧是中央图书馆，室内非常宽敞，只是没多少藏书。但是，在我需要查找资料时，还是能派上一定用场。

借书台就在进门处，旁边的告示板上写着本月最受欢迎的图书，这就是所谓借阅数排名，小说类依然是推理小说的天下。作为一名为推理界添砖加瓦的推理小说家，我感到十分欣慰。我发现榜单里仍有本格推理[①]这样的老古董，不禁嘀咕，现在还有那么多人喜欢这类作品啊。

我从借书台前走过，沿旁边的楼梯上楼。三楼社会科学区是我今天的目的地，但路过二楼的文艺类书籍时，我忽然想顺便看看。

我悠闲地漫步在高大的书架间。除了我，这里空无一人，我不由得痛心书籍正离我们越来越远。夏天酷热难耐时，大概

[①] 推理小说流派之一，又称古典推理，以破解案件之谜为核心，在解谜过程中，通常尽可能让读者和侦探站在同一平面、拥有相同数量线索，常有密室杀人或孤岛杀人等设定。

会有一些贪图免费空调的人为这里增加访问量，但他们也只是翻翻杂志而已。而我，若不是因为工作，也未必会来图书馆。

我看着这么多书，心绪难平。出版这么多书，是因为书都卖得不好。出版社为了保证利润，往往采取以品种取胜的方针。不管作家倾注了多少心血，其作品对于出版社来说，不过沧海一粟。再优秀的作品，如果没有评论家提及，也会瞬间被淹没。徘徊在书架之间，有如踯躅于墓地。对，这里就是书籍的墓地。

书架上也有几本我的书。起初我还想查看一下借阅记录，但很快又打消了这个念头。在这种地方打击自信着实无趣。

我原以为这些书是按作者姓名的假名顺序排列的，后来发现不然。细看之后，我找出了排列的依据——类型。

我决定在二楼多转一会儿。当我转了几个来回之后，竟然不知道自己的方位了。我停下脚步，盯着旁边的书，惊讶得瞪大了眼睛。

苍井雄、楠田匡介、滨尾四郎、守友恒等人的名字出现在眼前。他们都是活跃在昭和[①]初期的推理小说作家。架上还有精装本，大概是重印的。就这个图书馆来说，这类藏书还真不算少。

我没有碰这些书，现在的我对这类推理小说不感兴趣。这类书只有在日本还有读者，在重视真实性的海外推理界，几乎没有人看了。

---

① 日本裕仁天皇在位期间使用的年号，时间为1926年到1989年。

可是，其中有一本挺稀有的书，我决定记下书名。我伸手去掏上衣口袋，发现只有一支圆珠笔，不知为什么，平日随身携带的小笔记本不见了。我摸到了在咖啡馆拿的免费火柴，决定把书名写在火柴盒的背面。在把盒里的火柴掏出来放到旁边的书架上时，不慎将几根掉到了地上。

苍井雄的《船富家的惨案》、楠田匡介的《模型玩偶杀人事件》、滨尾四郎的《杀人鬼》、守友恒的《幻想杀人事件》——这些作品我好像在什么地方听过，但还是第一次看到原著。我打算记下来，说不定日后写随笔之类的能够派上用场。

密密麻麻地写满火柴盒的背面之后，我收起火柴，将圆珠笔放回口袋，迈开脚步。

奇怪的是，我怎么也找不到楼梯。无论走到哪儿，眼前都是高大的书架。这些书架交错排列，视线四处受阻，我无法看到正前方，仿若置身迷宫。

太奇怪了，又不是一座很大的图书馆。

日后若向他人提起，肯定会遭人笑话。以写书为生的作家竟然在书中迷路，太没面子了。

掌心逐渐渗出汗水，我完全不知道自己在何处，不管是往右还是往左，都找不到出口。无奈之下，我想到一个办法，即走到最靠边的书架前，沿着墙往前走。我决定付诸实践。

然而，我不久到达的却是一个摆放着历史小说的死胡同，我只能像没头苍蝇似的在里面打转。我完全不知道为什么会变成这样。终于，我穿过了忽然出现的通道，却发现又身处另一个书架角落。好像是外国文学专区,都是些我看不懂的文字。

不知不觉间,我小跑起来,额头上渗出汗珠。

这到底是怎么了?

我停下脚步,调整呼吸。不管怎么想,这都很异常。世界上哪有这么大的图书馆,能令一个大男人来回跑好几圈都找不到出口?一定是什么地方出了问题。

脚下感觉异样,好像是踩到了什么东西。我抬起脚。

是一根火柴,粉红色的火柴头好像在哪里见过。对了,是我刚才掉的。我跑了这么半天,又回到原地了?

查看了周围的书架,我的思绪越发混乱了。昭和初期推理小说家们的书全都消失了,取而代之的是我从未见也从未听说过的作家的书。

紧接着我发现,不仅是书,书架也变了。原本的书架是钢质的,而眼前的却是深茶色的木质书架。还有,原本铺着亚麻油毡的地板也变成了木地板,还散发着小时候学校走廊里令人怀念的油漆味。

"这是……什么地方?"我嘀咕。四下静寂无声,我的声音传遍整个房间。室内昏暗,发着白光的荧光灯不见了,天花板上吊着几盏白炽灯。

右侧忽然传来声响,我循声望去。有人从书架之间穿过,格子花纹的衣服映入眼帘。有救了!我心下暗喜。虽然有点不体面,但跟在那人身后,说不定能找到出口。我加快了脚步。

就在我走到书架拐角处时,那人已往右拐了,仅能看到一点背影。看得出来,那人是一名男子,穿着格子西装,手持一根如今很少见的手杖。我能听到咯噔咯噔的声音,似乎是手杖敲击地板时发出的。

我循声追赶。男子完全没有停下的意思,只是在书架间穿梭,好像要努力甩掉我。

突然,手杖的声音消失了。太好了!他终于停下了。我放下心来,走向男子走过的拐角。

然而,哪里都没有男子的身影。我焦急地环视周围却一无所获。男子像烟雾一般消失了。

正满腹狐疑时,我意外地发现从天花板上垂下一架螺旋状楼梯。刚才我并没有看到它,但是现在,就像忽然从哪里冒出来一样,它突兀地出现在我的视线中。

我决定先爬上楼梯。楼梯上的房间里也满是书架。我从不知道这座图书馆中还有这样一个房间。一排排陈旧的书架上摆放着陈旧的书籍。我随手从身旁的书架上抽出一本,书很厚,好像是一本博物图鉴。大概是拉丁文,我看不懂。

在把书放回原处时,我隐约感到右侧有人,扭头一看,一个身穿白裙、十四五岁的小姑娘面对着我,站在那里。

我感觉自己很久没有见到人了。不管怎么说,这意味着我有可能走出这座奇怪的迷宫。小姑娘抬头看着我,快步走到我面前,看看手中的纸,又看看我,忽然笑了起来。那笑容天真无邪,我已经很久没见过了。我像是被击中了,往后退了一步。

"啊，太好了！"她说道。她的发音很标准，这在当今十几岁的小姑娘中很少见。"您还是来了。"

"你在找我吗？"

"是。他让我替他接您。"她的声音抑扬顿挫，"太好了，能够见到您。"

"他……是谁？不，我想先知道……"我看着她的那双大眼睛，"你是谁？"

"我是小绿，日野绿。"她很干脆地鞠了一躬。

"小绿……"我没听说过这个名字，也没见过这个小姑娘，"你为什么要找我呢？"

"嗯，您不是跟他约好了要来这里吗？下午一点。"

"约好要来这里，下午一点，和谁？"

"和市长。"

"市长？"我抬高了声音，"你没有记错吗？我不记得有这样的约定，也没见过什么市长。"

"但市长说您在电话里答应了他。他还给您寄了确认信。"

"确认信？我没收到过啊。"

"太奇怪了。市长的确说他和侦探先生约好了……"

"侦探……谁？"

她默默地指了指我。

"怎么可能？"我苦笑着，摆了摆手，"果然是认错人了，我不是什么侦探先生。"

"但是，照片……"小绿看看手中的照片，又看看我，"是您啊，一模一样，连衣服都一样。"

"让我看看。"我拿过那张照片，看了一眼，不由得后退几步。照片上的男子的确和我长得一模一样，但是打扮得非常古怪。他穿着皱巴巴的格子西装，架着一副圆框眼镜，头发长而蓬乱。

"确实和我长得很像，但是穿着完全不同——"我忽然惊讶得说不出话来，因为我发现身上穿的衣服正和照片上一样，是一套格子西装。不可能！我今天出门时穿的绝不是这套。

我突然想起来了，刚才在迷宫中见到的那个男子穿的正是这样的衣服。可他的衣服怎么到了我身上？

"您果然是侦探先生。别拿我开玩笑了，"小绿的脸上又浮现出笑容，"您就是侦探天下一先生吧？"

"天下一？不，我是——"

似乎有某个东西在我脑中爆炸了，烟雾在记忆中迅速扩散。侦探天下一——这个称呼好像在哪里听过。是在哪里呢？我什么时候接触过这个称呼呢？

我感到鼻梁有点不舒服，伸手摸了摸，发现自己戴着一副眼镜。我什么时候戴上的？我戴的应该是隐形眼镜啊。

就在这时，我发现西装右侧内层的口袋里有样东西。我伸手进去，指尖碰到了纸。取出来一看，是个白色的信封。

"看吧，果然就是。"小绿指着信封说道，"您这不是拿着市长写给您的信吗？"

"不，这不可能……"我不是侦探，也不是那个姓天下一的人——我想这样回答,但不知道为什么说不出来。我身体中的某个东西在拒绝说这句话。

这不是现实的世界。

是梦吗?不,绝对不是梦,因为这不是朦胧不清的世界。可这到底是哪里?我熟知的那个世界又去了哪里呢?

奇怪的是,我脑中的混乱正在迅速平息。居于大脑一隅的另一个我在小声说:必须接受这个世界。

我从信封中取出信纸,展开。字很漂亮,是用黑墨水写的,内容如下:

多谢你接受委托。前一段时间说过要拜托你的事,见面之后再详谈。当天下午一点去图书馆接你。请多关照。

不知所云!在一瞬间,我这样想,但马上又觉得似乎看到过也的确收到过这封信。不,但是,我是在图书馆里迷了路,才来到这里的……

"我带您去市政府吧。"小绿说道,"他让我带您去。"

"远吗?"

"从这里走着去,很近。"她又露出美丽的微笑,"您跟我来吧。"

"嗯。"

"啊,您落东西了。"小绿从我身边的书架前拿起一样东西,递给我,"给。"

是一根破旧的手杖。

第一章 纪念馆

1

走出图书馆之后,呈现在我眼前的是一片从未见过的景色。道路上铺的不是柏油,而是石板。建筑物多是石头之类的东西垒成的,间或也有墙壁上雕着石像或者窗棂上刻有浮雕的房子。回头一看,图书馆也已变成那种风格,显得格外庄严,极具特色。

"这里……是什么地方?"我问小绿。

"墓礼路市风景区。"

"波莱罗市?①是在日本?"

"当然是啦。这个问题可真奇怪。"小绿咻咻地笑了起来。

我和小绿并排在石板路上走着。偶尔会有汽车从身边驶过,都是老爷车。路上行人的衣服也让人想起以前的时代,但不是

---

①在日语中,"波莱罗"与"墓礼路"发音相同。波莱罗(Bolero)本是一种西班牙双人舞,法国作曲家拉威尔以此为名创作了著名的管弦乐舞曲,其特点是旋律和节奏不断反复后,力度逐渐增强,最终以强烈的节奏达到高潮。

日本的，而是国外的。

这到底是什么地方呢？为什么我会来到这里？

我努力回忆刚才所属的那个世界流行的东西，却一点也想不起来。我的大脑在拒绝想那些东西。

我们来到一个带有喷泉的广场。喷泉周围是一个小小的公园，中间立着一尊青铜雕像——一个男子，戴着一顶大礼帽，西装革履，一手指向远方，一手握着放大镜。

"那是谁？"从雕像旁边经过时，我问小绿。

"没有名字。是创造了这个小城的人。"

"创造了这个小城……是第一任市长吗？"

"不。"小绿摇摇头，"是创造了这个小城的人。"

"哦。"我不理解她的这个概念，但没有追问。

以广场为圆心绕半圈，有一座砖砌的古旧建筑，小绿告诉我这就是市政府。墙壁上绘有些许花纹，但很模糊，几乎看不见了。数了数拱形的窗户，我确定这是一座三层建筑。正面有一扇凭一人之力难以打开的大铁门，此时完全敞开着。我们走进去，里面非常昏暗。

眼前是一段楼梯，很宽，铺着胭脂色的地毯。小绿上了楼梯。

我跟着她走上二楼。昏暗的走廊两边排列着木门。小绿径直走向走廊尽头的那个房间，敲了敲门。

里面传来一个声音："请进。"小绿推开了门。

一张皮质大沙发首先映入眼帘。对面有一张桌子，再往前是一扇窗，一个肩膀很宽的男子背窗而立。他慢慢地走近我们，地板被他踩得嘎吱作响。

男子梳着大背头，满头乌发，根根如铁丝般发着亮光。他目光炯炯，直直地看着我。

"这位是……"

"天下一先生。"小绿对他说。

"啊，我知道。"黑发男子点点头，"和在报纸上看到的一样。"中气十足的男中音，声如洪钟。

"报纸……"

"就是这个。"男子拿起沙发前面桌子上的报纸，递给我。报纸是叠着的，社会版恰好在首页，一眼便能看见。

上面载有这样一则报道：

> 头脑清晰的侦探天下一，成功侦破壁神家杀人事件……

文字旁边有一张黑白照片，照片上那个头发蓬乱、穿着皱巴巴西装的男子就是我。

我正要说不知道这件案子，话要出口时又停了下来。壁神家杀人事件——好像有点印象。

对，好像的确有这么一件案子，是在深山的小村子里发生的，下了大雪的第二天，有人在密室里发现一具死状凄惨的尸体。

鲜活的记忆在眼前复苏了，就像昨天刚发生过一样。为什么？明明不是自己经历过的事情，为什么会记得如此清楚？

难道，那件案子……真的是我破的吗？

我渐渐觉得确实是我破的。壁神传说，还有，凶手令人意外地是一个女人……

"我是市长日野。欢迎欢迎。"黑发男子打断了我的回忆。

"日野……"我看了一眼站在旁边的小绿。

"是我父亲。"她说完，调皮地伸了伸舌头。

"哦。"我点点头，将视线转向她父亲，拿出了刚才的信，"写这封信的是你吗？"

"是的。"

"你怎么知道我的地址？不，在此之前，我想问的是，你为什么要拜托我？"

"就是通过这份报纸。"市长敲了敲报纸，"我读了它才知道你。我想，只有你才能迅速及时地帮我解决眼下的问题。"他说话时轻轻地挥动着拳头，就像在演讲一样。或许是在议会上的习惯吧。

"你是说，你看中了侦探天下一的实力，是吗？"

"是的。我看中了你的头脑。"市长干脆地说。

我略感头痛。我真的是天下一吗？如果是，直到昨天为止的那个我是谁？在那个狭小的工作室写推理小说的人又是谁？

"啊，坐下说吧。"

市长让我坐到沙发上。我落座之后，他在我对面坐了下来。小绿坐在我旁边。

市长从桌子上的水晶盒中抽出一支香烟,用水晶打火机点燃。灰白色的烟雾在他脸前飘摇。"我请你来,不为别的,只为找回一样东西。"他在烟雾那端说。

"一样东西……是什么呢?"

"被偷走的东西。"

"被偷走的?"

市长将香烟夹在指间,回头看着窗外。"看到前面的公园了吗?"

"看到了……"

"如果是说开拓者的雕像,我已经解释过了。"小绿在旁边插口道。

"是吗?那事情就简单多了。"

"那尊雕像叫开拓者吗?"

"他创造了这个小城,所以这里的人称他开拓者。实际上只是一个象征,那个人是否存在过,谁也不知道。"

"这件事日野小姐跟我说了,我不明白为何他创造了这个小城。"

听了我的问题,市长的脸上露出一丝微笑。"是啊,就连我们也都不明白呢。"

"什么意思?"

市长将没抽几口的烟放到水晶烟灰缸中掐灭。"这个小城,没有历史。"

"没有历史……你是指,这是一个新城吗?"

"我没有打比方，它是真的没有历史。再说得简单一点，这个小城来历不明。住在其中的我们也不知道为什么会有这么一个小城。"

"怎么可能？"

"也难怪你不相信。但是，在工作开始之前，请务必先相信这一点，否则你就无法明白我拜托你调查这件事的意义。"

听市长的语气，他没有任何开玩笑的意思，也不像是在吓唬我。我看看小绿，又将视线转向她父亲。"请接着往下说。"

市长点了点头。"小城没有历史，却有传说。据传，小城里的居民都是移民。这里原本渺无人烟，后来有人陆续移居，才开拓并发展成这样的小城。"

"是开拓者吗？"

"是的。开拓者就是指最早来到这里的人。当然，并不一定是一个人，也不知是男是女，终究只是想象中的人物。"

"开拓者怎么了？"

"开拓者的居住地正是小城的中央。"

"那地方也是根据传说创建的吗？"

"不是，是实际存在的。从出土年代推断，是第一代移民的住所无疑，大家都说那是开拓者的家。它的正式名称是圣人纪念馆，一般简称纪念馆。"

"纪念馆又怎么了？"

"实际上，一个月前有一个重大发现——原本公认只有两层的纪念馆里发现了地下室。发现那个地下室的入口纯属偶然，打开那扇暗门一看……"市长有点故弄玄虚地停顿了一下,看了我一眼,咧嘴笑笑,"你猜发现了什么?"

"尸体?"

我只是开个玩笑,没料到市长瞪大了双眼。"不愧是名侦探,真是敏锐啊!正如你所说,发现了尸体。"

"当真?"

"但不是一具普通的尸体,而是木乃伊。"

我不由得猛吸了一口气。"装在棺材之类的里面?"

"不,坐在椅子上。那个房间的用途现在还不清楚,里面除了椅子,就是几张简陋的桌子。"

"因此我想,那该不会是木乃伊的书房吧?"小绿插口道。

"学习的地方?"

"还没有对此进行详细的调查,木乃伊到底是谁,也不确定。"市长没有理会我的玩笑,说道,"但是,对我们来说,这是一个重大的发现,因为它极有可能解开小城的起源之谜。"

"木乃伊就是开拓者吗?"

"不知道,有可能。我们认为有必要进行慎重的调查,于是组建了一支调查团,准备在接下来的一周着手调查,没想到……"说到这里,市长双唇紧闭,似乎十分痛苦。

我想起了他刚才的话。"在那之前,发生了盗窃事件,是吗?"

市长一脸悲伤地摇摇头。"真是出人意料啊,没想到有人会去那里偷东西。"

我渐渐明白事情的大致原委了。"就像《夺宝奇兵》一样啊。"我说道。

"谁?"

"没什么,"我摆摆手,"请接着往下说吧。被偷走的是什么?不是木乃伊吧?"

"木乃伊平安无事。被偷走的是什么,现在还不清楚。"

"不清楚……什么意思?"

"现场只有一个被填埋过的坑洞的痕迹。洞里原来埋着什么,只有窃贼才知道。"

"也可能什么都没被偷走啊。窃贼或许只是挖了一个洞而已。"

"不,这不太可能。"

"为什么?"

"据调查发现,坑洞几乎呈一个标准的四边形。可见,里面原本埋着那种形状的东西。"

"坑洞的大小呢?"

"大概这么大。"市长伸出两手比画了一下,长度不足三十厘米,"不是正方形,是长方形。"

我想到了扁平的饭盒。"报警了吗?"

"没有,这件事还在保密之中。"

"为什么?调查这样的盗窃事件,应该是警察的工作啊。"

"当然,若是普通的盗墓,我会毫不犹豫地报警。但事情没有那么简单。"

"怎么回事？"

市长皱着眉头，伸手去拿香烟。"实际上，还没有对外公布发现了地下室与木乃伊的事。"

"啊……"我舔了舔嘴唇，大致明白了他的意思，"不是都准备开始调查了吗？"

"调查也准备在秘密状态下进行，直到调查结果出来为止。"

"为什么？"

"要明白这一点，你得先了解一下小城的特殊性。我已经说过好几次了，这个小城没有确凿的历史，大家都在制造对自己有利的历史。举个例子，自称开拓者后裔的，据我所知，就有五家。"

"其中就有我们家呢。"一旁的小绿若无其事地说道。

我惊讶地看着市长，问："真的？"

"先父曾这样认为，"他苦笑道，"还差点为此丢了性命。"

这不像是在开玩笑。"也许真有这种可能呢。"

"总之，关于小城起源这个话题，非常微妙。"

"所以，发现木乃伊一事，不能轻易公之于众。"

"是的。"他吐出一口烟。

"知道地下室和木乃伊的都有谁？"

"首先是调查团的成员。之前设立的纪念馆保存委员会成员都转为调查团成员，我也是其中之一。外加纪念馆管理员与发现地下室的工匠。就这些。"

"落下一个。"小绿指着自己说道。

"哦,是啊。"市长笑着看了看女儿,又将目光转向我,"在对发现地下室一事进行委员会内部通报时,这孩子碰巧也在场。我一再嘱咐,对任何人,哪怕是家人,也绝对不能说。"

"人的嘴可没有把门的。"

"你说得对,但是我打算暂且相信他们。"

"这样啊,暂且……"我不由得咧嘴笑了起来,"实际上不那么相信,对吗?"

"天下一先生的脑子真是好用啊。说到这里,你大概也能明白我的心情和我不报警的原因了吧。"

"我明白了。"

如果纪念馆保存委员会的成员是窃贼,作为其中之一的市长也没有面子。他肯定是想,等找到被偷走的东西之后,再将窃贼从委员会中除名。

"那么,你能接受我的委托吗?"市长的声音铿锵有力,语气沉稳,十分威严。

"这工作很难做啊。"

"你若是不接受,我会很为难。现在我能依靠的只有你,何况,你已经知道了地下室与木乃伊的事情。"

"又不是我自己想知道的。"

"但也不能就这样让你回去。"他微微撇了撇嘴。

"这是威胁吗?"

"是也罢不是也罢,为达目的不择手段,这就是政治家,虽然我不过是区区弹丸之地的市长。"

我无奈地将双臂环抱于胸前,陷入沉思。我似乎已逐渐习惯这个世界,并认为自己的确是姓天下一的侦探,为某种目的来到这里。

无疑,这里不是我原来居住的那个世界。如此说来,这也算一种穿越吧。有这种可能性。因为,这显然不可能是死后的世界。

在这个世界里,我被赋予了天下一这个姓氏和侦探这个角色。另外,这起令我的存在成为必要的事件也不像是偶然发生的。有一种必然性将我带到这里,并使我陷入这一棘手的状况之中。只有直面眼前的一切,才能解开所有谜团。

我决定了。"有纪念馆保存委员会的名单吗?"

"有,准备好了。"市长从上衣口袋中掏出一张纸,放在我面前,"管理员和工匠的名字也写在上面了。请拿去吧。"

"好。"

"在调查中有什么需要,请尽管说,我会尽力协助。"

"很快就会请你帮忙的。"

市长点点头,站起身来,转到桌子对面,拉开了抽屉。待他走回来后,手里多了一样东西。他把它放在我面前。是一个茶色的信封。"这是目前的调查费用,如若不够尽管告诉我。事成之后,另有报酬。"

我拿起信封确认了一下,里边有几十张印着圣德太子肖像的纸币。[①]"那我就不客气了。"我把信封塞进上衣内侧的口袋。

---

①圣德太子(574 – 622),日本著名政治家。其肖像自 1930 年起依次出现在面额为一百、一千、五千、一万的纸币上。1986 年以后,印有其肖像的纸币不再发行。

这种时候没有必要客气。

"那么，你会从什么地方着手呢？"市长搓着手，问道。

"我想先参观一下纪念馆。"我说道。

"好的，让小绿带你去。往后你就把这孩子当成联络人兼助手吧，她现在放春假。我是她父亲，这么说似乎不够谦虚，但我还是觉得，这孩子能帮上不少忙。"

"春假？"我这才注意到，这里现在好像是春季。

"请多关照。"小绿轻快地鞠了一躬。

"那里会有人对纪念馆进行详细的解说吗？"

"有管理员，但恐怕他说不大清楚。我打电话给馆长吧，看能不能跟你一起去。"

"馆长？"

"市立大学的月村博士，考古学专业出身，也是我们这个调查团的团长，很有个性又魅力十足，你见到后多少会感到吃惊。"市长意味深长地微笑着说。

"那个博士也知道盗掘一事吧？"

"当然，但是其他成员不知道。月村博士的意见是，最好先不要跟他们说。"

"哦……"我猛吸一口气，然后看着市长将气吐出，说道，"应该没有相信那个博士的理由吧。"

市长的右眉微微一挑，嘴角渗出微笑，说道："说得对，那个人也是嫌疑人。"

"如果再进一步……"

"也没有理由相信我？"

"对。"我绷着脸，闭上了嘴。我不是在开玩笑。

"真是个可靠的人，"市长说着就要和我握手，"不愧是名侦探！"

我没有理会他，拿起手杖，站起身来。"那我先去请月村博士和我一起去纪念馆吧。"

"祝你调查顺利。"

"我们走吧。"我说。

"是！"小绿精神饱满地回答。

2

  我和小绿搭乘形似扩大版 Mini Cooper 的出租车，朝市立大学出发。据小绿说，大学在一个叫文教区的地方。

  文教区的绿色植物很多，小公园随处可见，居民也都像约好了似的，家家门前一块草坪。马路两侧是整齐排列的行道树。

  我忽然觉得，这样的风景似曾相识，我好像来过这里。这种感觉比既视感[1]更为强烈。我甚至能模模糊糊地想起这里的地图。至于自己什么时候来的、做了什么，却完全想不起来。

  很快，出租车在一栋砖砌建筑前停下。建筑物的墙壁上布满浮雕，让人想起古代的欧洲。

  "这就是市立大学。"小绿说道，"月村博士的研究室就在里面。"

---

[1] 未曾经历过的事情或场景仿佛在某时某刻经历过的似曾相识之感。

我们从昏暗的正门走了进去。阴冷的空气中夹杂着霉味。没有算得上入口的地方，石壁围成的通道直抵庭院，走廊从那里左右分开，形成环绕庭院的回廊。

庭院中有一片漂亮的草坪，上面摆有几条白色长椅。

我跟在小绿后面，沿着回廊往右拐。三名身穿白衣的女学生像是在认真地讨论着什么，视若无睹地与我们擦肩而过。

"这就是博士的研究室。"小绿在一扇破旧的深茶色门前停下了脚步，门上挂着一个写有"第十三研究室"的牌子。我犹豫片刻，伸出拳头敲了两下门。没有听到回答。我抬手正准备再用力敲一次，门忽然开了。

"我听到敲门声了。"一个三十出头的瘦高女人正盯着我们。

"啊，实在不好意思，呃……"我一时间不知接下来该说什么。

她不睬我，对着小绿笑道："欢迎，好久不见了。"

"你好。"

"呃……我是……"

"市长给我打电话了，是侦探天下一先生吧？请进。"说着，她将门完全敞开。

走进房间，首先看到的是像比萨斜塔一般耸立的书堆，而且有好几座，杂乱林立。房间四壁都是书架，书上全是灰尘，空气也略显浑浊，我就像置身于火山爆发之后的城市。

"有点乱，请原谅。没有时间打扫。"她在堆着厚厚一摞书的桌子前坐下，"你们随便坐吧，坐在书上也没关系。"

"那就失礼了。"我坐到一摞图鉴上,小绿则站着。

女人低头看着摊在桌上的书。她的下巴又尖又长,脸颊上略有雀斑,但她好像并不想通过化妆遮掩。像用直尺勾出的笔直的鼻子上,架着一副金边圆框眼镜。

"我的脸有什么观察的价值吗,侦探先生?"她忽然抬起头来说道,"还是你和世间一般男性有着同样的感想,对于我是女人这件事情感到不可思议,并因此激发起了好奇心?"

"失礼了。我原本没打算盯着你看,只是来到这座城市之后,变得慎重了。"我低下头,"对于你是女性这一点,我并不感到意外。市长跟我说起你时,我多少已感觉到了。"

"市长说了什么?"

"说你'魅力十足'。此外,他从未透露你的性别。"

她闻言耸了耸肩,然后正视着我,说:"我是第十三研究室的月村。"

"我是天下一。"说完,我才意识到自己已习惯这个称呼了。

"那么……"月村博士说道,"我应该先说些什么,还是先带你去纪念馆呢?"

"我想先听听你的看法,关于窃贼,你有什么线索吗?"

女学者当即摇头:"没有。"

"真干脆啊。"

"要是有什么线索,哪还需要你来调查?"

"倒也是。可是既然知道窃贼很可能就是与纪念馆有关联的人,至少也该有一点点线索吧。"

"真不巧，我没有在毫无根据的情况下中伤他人的癖好。"她那种坚毅的口吻和女学者的形象很相称。似乎她也赞同窃贼出自内部的看法。当然，也不能因此就断定她是清白的。

"我换一个问题。你觉得窃贼为什么要去地下室偷东西呢？你只要说一下看法就行。"

"想必是企图独吞某样东西。那样东西要是被调查团发掘出来，会成为公有财产。"

"会是价值昂贵的东西吗？"

"不一定。有人就痴迷于此。"

"听市长说，调查木乃伊和地下室或许能够找到解开小城之谜的线索。"

"我也希望这样。"

"但是，应该也有人不希望吧。比如，自称开拓者后裔的人。"

月村博士耸耸肩膀，说道："你是说市长吗？"

小绿猛地抬起头来。

"这里的好几家人都有那种想法。难道我们不能这么认为：有那种想法的人，雇用或委托别人盗走了东西吗？"

博士紧盯了我一会儿，十指交握。"要使这种说法成立，需要一个条件——窃贼知道自己要偷什么。"

"这不可能吗？"

"不可能。关于纪念馆，我们还一无所知。"

"但是，窃贼肯定知道那里有东西，否则怎么会去偷呢？"

她挠挠头皮站起身来。"我带你去纪念馆吧。眼见为实，耳听为虚。"

乘坐着轮胎上布满泥巴的皮卡车,我们前往纪念馆。前面是横排长座,但坐三个人还是有些挤。这辆车好像是博士的爱车,发动机很吵,速度很慢。博士时不时踢踢它,说一句"真没用"。

卡车径直开向石板路。中途经过好几个交通信号灯,支着胳膊把着方向盘的博士却从没有转动过方向盘。

"到纪念馆的路是一条直线。"像是为了打消我的疑惑,身边的小绿开口道,"纪念馆位于城中心,道路像射线般以纪念馆为中心向四周延伸。所以,不管从哪里出发去纪念馆都走直线。"

"原来如此。"

不久,前方出现了一面白墙。博士这才左拐,沿着白墙前行。白墙弯弯曲曲,画出一道柔和的曲线。我能看见墙那一头露出的树梢。

白墙出现了一个缺口,好像是入口,旁边竖着一个标牌:"维修期间,纪念馆暂停开放。"月村博士开车右拐,驶进入口。眼前是一个停车场,停着几辆小型汽车。

"又是违章停车。"博士皱着眉头说道。

停车场前是一片树林,一条宽约三米的道路纵贯其中,路的尽头有两根粗门柱,隐约能够看到一栋黑色小屋。

只见小屋中走出一个身材粗壮的男子。他穿着一件褪了色的灰色衬衫,挽着袖子,外披一件深茶色马甲,满脸胡子,长得像头熊。他应该就是这里的管理员，但看那架势，称他门卫更为合适。

"没有人再进来过吧？"月村博士问道。

"那是当然，门一直是关着的。"

我往小屋的窗户里看了一眼，里面放着一张桌子，上面摆放着咖啡杯和低俗杂志，咖啡杯还冒着热气。更里面好像是厨房，靠墙摆着一把长长的藤椅。

"门关着，也可能有人翻越铁栅栏啊。"

"不会的，我用这两只大眼睛看着呢。"门卫指着双眼，笑嘻嘻地说。

"那就好。对了，我想进里边看看。"

"当然没问题，可是……"门卫这才看了我一眼。

"我来介绍一下，这位是侦探天下一先生。"

"哦？侦探先生？"他露出看稀有动物一般的眼神。

"上次那件事，市长拜托他调查。"

"是吗？那么还请多关照。"

"不要对其他人说起天下一先生是侦探的事情，那会惹来麻烦。"

"那是自然，那是自然，我明白，我又不是傻瓜。"门卫拿起挂在腰间的钥匙串，打开了铁门。

"我带他们进去吧，把钥匙给我。你在这里守着，别让任何人进来。"

"啊……好吧。"门卫大概原想跟进来听听侦探的推理，闻

33

言一脸遗憾地将钥匙串递给博士。

"管理员只有他一个人吗?"我边走边问。

"是的,一直就他一个人,因为预算不够。"博士似有不满。

"发生盗掘事件时,他也在吧?"

"是的。"

"他嘴巴紧吗?不会跟别人说起我吗?"

"别的我不知道,但这件事我敢保证他不会轻易说出去。不管怎样,这关系到他能不能保住职位。"

"但是父亲说,等事情解决之后就开除他呢。"

"或许那样也好。"我对小绿说。

虽叫纪念馆,其实只是一间简单的小屋,旧木门上挂着一把简陋的锁。月村博士从钥匙串中找出一把,打开了门。

室内略有霉味,没有铺地板,餐桌和几把椅子并排摆在小窗附近。房间的一角有一个古旧的暖炉,烟囱延伸到室外。暖炉对面放着几件旧家具,有的带抽屉,有的单纯是木箱的组合。

刷了漆的墙壁上贴着一些照片,每张下面都附有一张纸,上书说明性文字。仔细一看,是某些富人捐钱修缮纪念馆时的纪念照,还有外国客人来访时的留影。

"我听说纪念馆是一栋两层建筑。"

"通往二楼的路在这边,上面几乎什么都没有。"

博士打开了一扇门,约一平方米的方形空间里竖着一架梯子。这架梯子像是新造的。

爬上梯子，上面是一个八叠①左右的房间，铺着木地板，角落里放着一张床，除此别无他物。床上铺着一床格子被，非常漂亮。到目前为止，这床被子没有被人偷走，真是万幸，我暗想。

窗子对面有一扇门。我以为隔壁还有房间，但无论怎么推拉把手，门都纹丝不动。

"那个打不开的。"小绿从下面探出头来说。

"有意锁上了？"

"不是，原本就打不开。"

"有人曾试图打开过吗？"

小绿咻咻地笑了起来。"哪有人会那么做！"

"为什么？"

"谁都知道，即便打开了，门后也不会有什么啊。"

"是吗？可不打开怎么知道呢？"

"打开门就是外面了啊。"

"外面？"

"是啊，即便打开了，也什么都没有，会掉下去的，就像卓别林的电影一样。"

"那为什么这里会有门？"

"为什么呢？我也不知道。据说这也是纪念馆的一个谜。"

"哦。"我又仔细看了一眼，发现门上刻有文字。是从 A 到

---

① 日本计量房屋面积的单位，1 叠约为 1.62 平方米。

Z 排列的字母，字母上方是这样一句话：

　　WHO DONE IT？

是谁干的？直译就是这样，但这一表达在推理小说的世界中另有含义。Whodunit 专指以寻找真凶为主题的作品。[①]

"关于这句话，你听说过什么吗？"

"父亲说那也是一个谜。"

"有人知道答案吗？"

"据说没有。"

我又看了一眼那扇门，顺着梯子爬了下来。

"发现什么了吗？"在下面等着的月村博士问。

我说起了那扇奇怪的门。

"关于那扇门，我们也深受困扰。"她说，"不知是信仰还是巫术之类的东西，完全没有线索。可能仅仅是设计上的失误，也可能是建造时材料短缺，只好把其他地方的门挪到这里。到现在为止，谁也不敢断言。现在又发现了地下室，大家更期待解开这个谜团了。"

"听说没有人打开过那扇门。"

"啊，人们对打开它这一行为的意义也存有疑问。不管怎样，到现在没有人打开过。或许是用钉子钉住了吧，也没必要刻意

[①] Whodunit 一词产生于 20 世纪 30 年代，由句子"Who (has) done it？"转化而来，后逐渐演变为推理界约定俗成的术语。

破坏它。"

"门上写着'WHO DONE IT?'。"

"那也是一个谜,你有什么线索吗?"

我本想说这是推理小说的一种形式,但没有说出口。因为,不管怎么想,推理小说和目前的情况都没有什么关联。"地下室呢?"我问道。

"在这边。"博士走到一个高度几乎齐腰的柜子旁。它的大小恰似旧式冰箱,而且与冰箱一样,前面有一扇门,上面挂着一把简陋的锁。挂锁是这里所有家具的共性。博士打开了锁。

"上锁是在发现地下室之后吗?"

"当然啦。之前大家都以为这只是个普通的柜子呢。"

"有几把钥匙?"

"两把。另一把市长拿着。"

"请给我看一下。"我检查了一下钥匙,是很简单的样式,"配这样一把钥匙也不难啊。虽然把蜡倒进锁眼获取模型比较困难,但拿着这把钥匙,用黏土取型恐怕很容易。"

"但是,钥匙归管理员管啊。"小绿说道。

"问题就在这里。没有任何证据可以证明,我们应该无条件相信那门门卫。我刚才注意到,他的手腕上有清晰的编织物纹样,知道那是为什么吗?"

"编织物纹样……我没有留意。是为什么呢?"

"那是他刚才躺在藤椅上打盹的证据。杂志也散落在地上,它们本在椅子上,只怕是因为妨碍他睡午觉,才被扔到地上。

刚沏好的咖啡,是睡醒之后用来提神的。"

小绿瞪大了眼睛。"刚发生盗掘事件,就在大白天睡觉!"

"习惯真是可怕,或许,刚才正是他以往睡午觉的时间吧。趁他睡午觉时,偷来钥匙做一个模型也不难啊。"

"这算什么啊,我得告诉父亲。"小绿噘着嘴说道。

"不愧是名侦探啊。"一直在旁边听我说话的月村博士面无表情地说道。

"过奖了。"我高兴地说。

博士打开柜门,里面什么也没有,底下铺着廉价的三合板。她抓住三合板的一端,用力一拉,板子随着她的手移动起来,出现了一个四方形的洞口。

"这是通往地下室的入口?"我说。

"是维修这个柜子的工匠发现的。"

"工匠有嫌疑吗?"

"没有,他只发现了这个入口,完全不知道下面是什么。"博士把手伸进去,拿出一个早已备好的手电筒。她打开手电筒,踏进那个狭窄的洞口。里面像是有楼梯。

"进来的时候小心,地很滑。"她在通道中说。

我把手杖倚在柜子旁边,小心地潜入通道。里面果然有楼梯,不过只是简单堆砌的石板,正如博士所说,一不小心就会滑倒。

我小心翼翼地弯腰进入,生怕碰头,进去后却发现洞顶其实很高。楼梯宽约一米,没有扶手,我扶着冰冷的石壁往下走。

下了楼梯之后，我发现天花板上挂着一盏煤油灯。博士用打火机点燃它，周围顿时亮了起来，我们的影子在四周的墙壁上晃动，令人毛骨悚然。小绿似乎在等我们点灯，灯亮后她也下来了。

前面有一扇木门，门框是铁制的。门的右侧挂着一个直径约十厘米的铁环，好像是拉手。博士没有拉铁环，而是把手伸向稍高的地方。随着刺耳的声音，门朝里面开了。

手电筒和煤油灯的光线射进了封闭的黑暗空间。我向前走了一步，差点惊叫起来。一个人出现在我眼前。

当然，那不是一个活人。

3

木乃伊坐在椅子上，右手放在膝头，左肘抵在旁边的桌子上。桌上摆着一个插着短蜡烛的烛台。

我正想靠近，又犹豫了。木乃伊的周围用绳子拦着。

"请走近看吧。"博士说着把手电筒递给了我。我接过手电筒，跨过绳子。

与其说这里是一个地下室，不如说是狭窄的洞穴。墙壁和地板都是光秃秃的石面，没有任何可供生活的设施。要说像样的家具，那就只有木乃伊所使用的桌椅。

木乃伊穿着灰色的衬衫和裤子，当然，以前可能是别的颜色。头发很长，遮住了额头和耳朵。眼球已经消失，取而代之的是两个黑洞。通过体形，我推断这具木乃伊为男性。

一个地方吸引了我的注意，我拨开"他"前额的头发，然后又复归原位，回头看着博士，问道："那……被盗的是哪里呢？"

月村博士蹲下身子，掀开木乃伊脚下一个直径约一米的圆形毯子。市长说的那个坑洞出现在我们面前。

"刚发现的时候，坑洞已经被填回去了，但一眼就能看出来。"博士说道。

"发现坑洞的人是你吗？"我问。

"是的。我想下来勘查一下，和管理员一起进来时发现的。"

"在这之前你什么时候进来过？"

"在这个地下室刚被发现的时候。"

"当时有谁和你在一起吗？"

"只有委员会的成员。"

"当时没有着手调查吗？"

"当然没有，我们不可能在什么都没决定的情况下就着手调查。"

我又看了看坑洞，好像没有其他被挖掘的痕迹。"窃贼为什么会挖这个地方呢？"

听我这样问，博士从衬衫的口袋里拿出一张照片。"看看这个。"

是在这个房间拍的，而且是木乃伊脚部的特写——脚底下的毯子被掀开了，在目前被填埋的地方，标着一个"？"。

"这是什么？这个标记……"

"不知道。我们都觉得这个地方可能埋着什么东西，决定改天挖掘。"

"这么说,是窃贼抢先挖走了埋在这里的东西?"

"难道这样认为不对吗?"

这是一个正确的推断,但我没有立即回答,而是问道:"你认为里面埋的会是什么呢?"

"要是知道就不用这么费劲了。"博士摊开双手,耸了耸肩。

"是带有诅咒的东西吧。"一直在不远处盯着墙壁的小绿忽然扭头看着我们说道,"父亲是这么说的。"

"带有诅咒的东西……"我看着博士,问道,"这是什么意思?"

"迷信。"博士眉间露出厌恶的神色,"有那么一种传闻。"

"好像很有意思啊。"

"侦探先生该不会对这样的话题感兴趣吧。传说本城曾受到邪恶的诅咒,一位圣贤将那个诅咒的根源封住了,而封存之地就是这个纪念馆。"

哎呀!我叹了一口气。木乃伊之后是诅咒,越来越像《夺宝奇兵》了。

"好像哪个国家都有类似的传说,这种传说往往也暗示着某种事实,不是吗?"

"也不是没有这种可能,但这种传说对于解决本次盗掘事件能起到什么作用吗?"

"还不清楚。"

我们沿着狭窄的通道回到一楼。

"首先还是把目标锁定在委员会的人身上吧。"我说。

"请你尽快帮我们找出窃贼。不,窃贼是谁已无所谓,最重要的是取回被盗的东西。"

"但是现在还不知道被盗的是什么,有点麻烦。"我扶了一下眼镜,鼻子上方有点疼,"那具木乃伊是多少年前的?"

"现在还没有开展详细的调查,我们认为,大约是一百五十年前。"

"一百五十年前……"那就是一八五〇年左右了,不用说,是江户时代①。但是,木乃伊的模样、被称为纪念馆的建筑,完全没有那个时代的感觉。或者,在这个世界里,根本就没有什么江户时代。"被偷走的就是那个时代的东西喽?"

"是啊,所以,肯定不是短波收音机或者方便面之类的东西。"月村博士一本正经地说,不像是在开玩笑。

"会是与宗教有关的东西吗?比如祭祀时用的道具之类。"

"本城不存在宗教。"博士的语气很坚决,我有点吃惊地看着她。她好像并不觉得自己说了很奇怪的话。

"木乃伊的死因呢?"

博士好像没有料到我会这么问,一脸惊讶,然后以平静的语气问:"为什么问这样的问题?这与盗掘事件有什么关系吗?"

"纯粹出于个人兴趣,因为我看到了木乃伊的额头。"

她轻轻地点了点头:"果然是观察能力超群啊。"

---

① 日本德川家族统治的时代,时间为 1603 年到 1867 年。

"额头上有个小洞。在古代的文明国家中,也曾有在头盖骨上开一个小洞做外科手术的事情,但与这完全不同。这明显是枪伤或箭伤,他是被人杀害的。"

"这个推论与我现在的想法一致。"

"他为什么会被杀害呢?凶手是谁?"

"这个……要想弄清这个问题,只能拜托一百五十年前的侦探了。"

"我有一件事情想请教。"我看着女学者说道,"仅仅过了一百五十年,为什么会有这么多不明之处呢?据说这座小城是由移民创建的,从那时到现在的事情难道没有通过某种形式流传下来吗?"

她闭上眼睛,慢慢地深呼吸一次,又缓缓睁开双眼。"你那样想是自然的。但是,这里的确不存在历史。不管问这个小城里多年迈的老人,他们都说不清自己为什么会在这里。他们的父母同样如此。当想到这个问题的时候,他们就已经在这里了。这是一个没有过去的地方,它失忆了。"

"你认为取回记忆的关键在那具木乃伊身上?"

"是的。"

"被盗物品说不定也是关键。"

"很可能啊。让人痛心的是,它被人偷走了。不过……"博士咬着嘴唇继续说道,"取回记忆便能引导我们走向幸福,这件事谁也说不准呢。"

第二章 大富豪

1

水岛府邸位于街道的东端。那里绿树成荫，道路开阔，车少人稀，没有很高的建筑物，都是宽敞的独门独院。其中一些非常壮观的宅邸，从外面一眼看不到它们的全貌。这想必就是高级住宅区。

其中，水岛府邸最为显眼。由优雅的曲线和曲面构成的建筑外观明显受到法国新艺术派的影响，就连铁栅门也装饰得很华丽。

我摁着和这栋宅邸的外观有些不相配的门铃，自报是市长介绍来的天下一。等了一会儿，里面传来一个男子的声音——"请"，门自动开了。

从大门到玄关，有一段很长的距离，但是由于四处鲜花盛开，这一段长长的路丝毫没有让我和小绿感到无趣。

一个穿着黑色西装的中年男人站在玄关前。

"欢迎欢迎。我是管家黑本。"

"我是天下一,她是我的助手。"

"市长跟我提过了,我们一直在等您呢。"管家嘴上这么说,却毫不掩饰不欢迎的神情。

管家带着我们走上短短的楼梯,推开两扇门进了屋子。地上铺着厚厚的地毯,走在上面没有丝毫声响。房间的一角放着一架大三角钢琴,不知道平日是谁弹奏。

管家说了一声"请在这里稍候",便离开了。

我坐在奢华的高级椅子上,环视整个房间。几张欧洲中世纪风格的画装裱在画框里,挂在墙上。这些画应该价值不菲,只是不巧,我没有这方面的知识。

我满脑子想的都是水岛雄一郎出现时应该怎么和他谈。说实话,我是有点……不,应该是相当紧张。

我莫名其妙地来到这个地方,已经整整一天了。昨晚我住在市长帮我预订的宾馆里,整夜无眠。这一切明明就像在梦中一样,我却睡不着,真是有些讽刺。今天早晨起床之后,我依然是天下一。吃早饭时,小绿来找我了。这证明一切不是梦。

她告诉我,市长已经安排好了,让我与水岛雄一郎见面。水岛是纪念馆保存委员会的成员。市长是想为我提供一些帮助,可如此迅速地把事情定下来,只会让我不知所措。但是,水岛不轻易见人,我也不好有怨言。

水岛实业的会长、本地最有势力的富豪——我从小绿那里得到的信息就只有这些。让我怎么打探呢?我总不能一开口就问:"盗掘地下室的人是你吗?"

"很少有客人光临啊。"

背后传来一个声音。回头一看,一个穿着紫色毛衣的矮个男子站在那里。他身材微胖,脸庞宽大,鼻子以上的部位已呈衰老之色,脸颊却很红润,让人难以猜测年龄。

"打扰了,我是天下一。"

"听说你是来采访委员会的事情的。"

市长对水岛说我是一个撰稿人。

"这位小姐是你的助手吗?真是年轻啊。"男子好像并不认识小绿。

"你是……"

"我是水岛雄一郎的儿子。"矮个男子走近钢琴,掀开琴盖,弹了两节《小步舞曲》。弹得很不错。

"很少有人来你家吗?"我很在意他刚才说的那句话,问道。

"能让父亲赚钱的人就另当别论了。因为和纪念馆有关,所以才同意见你们。"

"令尊好像对纪念馆特别关心。"

"特别……也不是吧。"水岛的儿子把一只手塞进口袋,撇着嘴说,"不过是打算将纪念馆据为己有。"

"据为己有……你是说买吗?"

"可以买吗?"小绿插话道。

"在这个世界上几乎没有用钱买不到的东西,小姐。"

"但是,为什么呢?"我问道。

男子晃了晃那只没有塞进口袋的手,说道:"这不明摆着吗?想把历史弄到手。把纪念馆买下来,就相当于买下了这个小城的过去。"

"令尊为什么要把历史弄到手呢?"

听了我的问题,他一脸无奈,瞪大了眼睛看着我,说道:"我没想到还有人笨到需要我把这些都说明白。把历史弄到手,是这个小城的人共同的愿望。"

"我知道。令尊就是为此才加入委员会的吧?但我觉得光买纪念馆没有什么意义。"

"你好像对我父亲一无所知。历史对他来说并不重要,重要的是对他有利的历史。只要买到纪念馆,他就能公布对他有利的历史。"

"声称是开拓者的后裔吗?"

"差不多是这样吧。"

我微微摇了摇头,说道:"这种想法,我真不能理解。"

"你不是本地人吧,所以不懂。"

"哦?"

"这里的居民都很不安。为什么自己会在这里?为什么偏偏是这里?谁也无法解释。比如说我们家,"他说着摊开两手,抬头看着天花板,"这么夸张的一栋宅子,为什么会存在呢?我们在这里应该做些什么?答案在哪儿呢?"他呼了一口气,接着说:"跟你们说也没用。"

"我明白。"小绿说道,"我也在想同样的问题:我为什么在这里？我在这里的价值是什么？"

"这位小姐好像是本地人啊。"水岛的儿子点头说道。

正在这时,从走廊里传来了脚步声。在这么厚的地毯上走路都有声音,足以说明这个人非常着急。

管家飞奔进来。"啊,春树少爷,您在这里啊。"

看来春树是这个男子的名字。

"出什么事了?"

"老爷……老爷有些奇怪。"

"你说什么?"春树转向管家,"奇怪……什么意思?"

"我叫了好几次,都没有回应。"

"是在打盹吧。"

"但是我声音那么大,都没有回应……"说到这里,管家停住了,大概是不好说出不吉利的话。

春树走向走廊,又确认了一遍:"你确定父亲在房间里吗?他没出去?"

"没有。"管家摇头道。

春树往他父亲的房间奔去。我紧随其后,小绿也跟了过来。

来到大厅,春树奔至有着优雅曲线的楼梯,顺着它往上跑。前面就是门。

他用力敲门。"爸!爸!"没有任何回音。春树转动把手,门根本打不开。"钥匙呢?"

"在这里。"管家一边喘着粗气,一边把钥匙塞进锁眼。

咔嚓一声,锁开了。春树拉开了门。

大家立刻都惊呆了。

门后是令人难以置信的景象——不，那里没有任何景象，只有一块大木板挡在我们面前。

"这是什么？"春树敲着木板。

"像是家具的背板。"我说，"好像是衣柜或书架。"

"老爷的房间里没有衣柜。"管家说道。

"是书架吧。"春树抬头看了看，说道，"父亲的房间里有很多书架。为什么会在这里呢？"

管家不知该怎么回答，一脸不安地摇了摇头。

"先把它挪开再说吧。"我说道。

"也是，但……"春树稍稍用力推了一下，摇头道，"没有任何可以抓的地方，而且很重，往旁边推是不可能的。"

"老爷，老爷！"管家再次喊道，依然没有任何回应。

"看来没有办法挪开了，只能把它推倒。"我说道。

"我也这么想。能帮我吗？"春树说。

"当然。"

春树和我开始推书架的上部，管家和小绿也来帮忙。

书架很快就倾斜了，只听噼里啪啦的，书都掉了下去。接着，咣当一声，书架像一棵大树般倒在地上。

我们这才看清房间内部，有一个人倒在正中央。

"啊，老爷！"最先发出声音的是管家。他用一种与肥胖的体形极不相称的速度跨过书架，跑到房间的中央。

春树也跟了进去，我和小绿紧随其后。我跨过书架，环视整个房间。水岛雄一郎倒在地上这件事就很不寻常,房间的布置也十分奇怪。

桌子、椅子、沙发等都紧贴着墙摆放。当然,某些家具可能原本就在那里,但大部分家具摆放的位置都显得很不自然,比如高高的办公桌被摆在了窗前。门前的书架当然也是挪过来的。架上的书散落在地,其中有一些是百科全书。

房间的中央,水岛躺在圆形的地毯上,除此以外没有其他东西。管家跪在他旁边,哭了起来。"老爷!啊,老爷!怎么会这样呢?"

水岛套着一件金色长袍,里面好像还穿着睡衣。他满头的白发大部分已被血染成黑褐色,仔细一看,右鬓角处有弹痕。他的右手拿着一支枪。

"父亲自杀了。"春树小声说道。

2

　　从县警本部来的警部①姓大河原，蓄着胡子，很是嚣张傲慢。但是，他对待水岛家人和对待我的态度截然不同。当然，想不让他觉得我形迹可疑，也着实很难。

　　向我们这些发现人打听完情况后，警部让水岛府邸的所有人在餐厅集合。餐厅中央摆着一张长长的餐桌，足够二十余人一起进餐。水岛平日总坐在上座吧，我能想象出那张严肃的面孔。

　　"最后见到死者的是哪位？"警部看了我们一眼，问道。

　　除了春树，水岛的另外三个孩子也都出现了，按长幼依次是夏子、秋雄和冬彦。春树是长子。

　　"我早晨见过父亲。"乍一看像是高级应召女郎的夏子努力

---

①日本警察的警衔由高至低分为警视总监、警视监、警视长、警视正、警视、警部、警部补、巡查部长、巡查。

将沉痛的表情挂在脸上,"我经过走廊的时候,父亲正巧从房间里探出头来。我向他说了一声'早上好',他也回道'早上好',那时父亲还很有精神。"她拿起手帕捂住脸,肩膀微颤。

"那是几点?"

"十点左右。"

"在那之后谁还见过他?"警部看着其他人。

"我在接近正午的时候见过。"又瘦又矮的秋雄趴在桌上,两手托着脸,"父亲那时候在上洗手间。"

"还有人见过吗?"

没有人回答。

"午饭怎么吃的?"警部问管家。

"老爷是十点半吃的早饭,在这种情况下,一般到晚饭之前他都不会再吃东西。"

"哦,发现尸体是在两点半左右……"警部看了一下手表,接着说,"那么,水岛先生是在秋雄少爷见到他后约两个半小时内去世的。"

"废话!这谁不知道。"高个子的冬彦在我旁边小声说道。要是有点运动细胞,他一定能成为篮球运动员,但从苍白的脸色判断,他没有那方面的才能。

"接着是水岛先生的房间。那些家具的布局,有谁能向我说明一下?房间的摆设原本就那么奇怪吗?"

大家好像都在等别人发表意见。过了一会儿,春树开口了:"平日的摆放方式当然不是那样的。"

"为什么今天那样摆放呢？"

"这个……父亲是个怪人，大概一时心血来潮吧。"春树的语气很粗鲁。

"父亲很迷信，说不定那样摆放是有什么用意。"手中依旧拿着手帕的夏子说道。

水岛的孩子似乎认为搬动家具、开枪都是水岛本人所为，至少，他们的话听起来是这种意思。

我想听听警方的看法，不料大河原警部这般说道："原来如此。成功人士往往会有这样那样的迷信，死的时候也仍然这样？原来如此，原来如此。那么，关于水岛先生自杀的事情，大家有什么线索吗？"

我吃惊地看着警部。他似乎并没有意识到他的发言很怪。

"可能是工作上的事情让人心烦吧，"春树说道，"父亲的公司最近不太景气。"

"还有身体的原因，"秋雄说道，"最近他好像很担心自己是不是有些糊涂。"

"这些恐怕都是自杀动机。"冬彦总结道。

"啊，可怜的爸爸！"夏子又开始哭泣。

警部用力点了点头。"唉，如此气派的宅邸主人，也有外人不知道的苦衷啊。我明白了。这方面的情况，我们再调查一下。真是可怜啊，请节哀顺变。"他好像不准备继续调查下去了，向部下下令，准备撤退。

我忍不住举起手，说道："我说，大河原先生……"

警部一副老师上课被学生打断时的表情。"什么事啊？"

我一边用余光偷偷观察着身旁一脸惊讶的水岛一家，一边问道："能这样就断定是自杀吗？"

警部看着我，就像在看一种十分奇怪的生物。"什么意思？"

"这个嘛……"我咳嗽了一声，说道，"你没有考虑过他杀的可能性吗？"

"他杀……"春树大声问道，"你是说父亲是被人杀害的？"

"还不确定，难道不用考虑这种可能性吗？"

冬彦毫不掩饰地笑出声来。"这个人说话真有意思。作为尸体的发现人，难道不明白那种状况意味着什么吗？我们一看就知道，只能断定为自杀。"

"我清楚现场的状况。"我看着冬彦，说道，"门窗被反锁、门窗前摆着家具，而且我们进去的时候没有发现其他人。"

"既然你都明白，为什么还要那么说呢？"警部很不高兴地说，"说什么有可能是他杀。"

"我是说，是不是应该讨论一下他杀的可能性。"

"那请你说明一下，父亲若是死于他杀，凶手是怎么逃走的？逃走后又怎么把书架挪到门后？"夏子歇斯底里地说。

"这个我还不知道。但若是他杀，凶手肯定用了某种诡计。"

"诡计？"警部瞪大了眼睛，"这种时候怎么冒出电影里的台词来？"

"不是电影台词。"

"还说不是，刚才还说什么诡计。"

"我是说杀人诡计。"

"杀人诡计……那是什么啊?"

"这……"我看着周围的目光,一时不知如何开口。大家都摆出不可思议的神情。"我真不明白,大家为什么这么轻易就接受自杀的说法。乍一看,现场的确无法出入。但不是有在这种情况下发生杀人事件的案例吗?所谓密室杀人事件……"我不由得加重了语气。周围的人却十分淡定,让人惊讶。他们像是完全没有听到我在据理力争。

"Mishi……"春树皱着眉头,"那是什么?怎么写?"

"你们不知道密室是什么?"我看着大家,简直不敢相信自己的耳朵,"密闭的密,室内的室。一个不可能进出的房间,被称为密室。在这种房间里发生的杀人事件,叫密室杀人事件。"

"密室……杀人事件?"春树重复了一遍,又看看弟弟妹妹,像是在征询他们的意见。

"有点矛盾,"冬彦说道,"既然不可能进出,那么凶手也同样如此啊。也就是说,凶手不可能在那种地方犯罪,这样也就不可能发生杀人事件。密室杀人这个词本身就有矛盾。"

"不……"我有些头疼,赶忙调整了一下呼吸,"是在乍一看像是密室的地方发生杀人事件,实际上不是绝对的密室。"

"那个房间绝不可能有人进出,绝不可能。"春树断言道。

"我觉得有必要再调查一下,凶手说不定用了什么诡计。"

"你说的话有些本末倒置。"秋雄低声说道,"一般情况下,先确认有凶手进出的痕迹,然后才能确认他杀的可能性。你却先认定为他杀，为了印证这一推测而怀疑房间是否真的无法进出。这不是颠倒顺序了吗？"

"但通常来说，在密室中发现尸体，不是首先应该想到他杀而不是自杀吗？我刚才也说了，古今中外，这样的密室诡计不胜枚举，谁又能说这次凶手没有使用类似的诡计呢？"

"关键是，"警部揉着太阳穴，似乎在尽量忍受头痛，"凶手如何进出不可能进出的房间呢？难道用了魔法？"

"不是魔法，是诡计，利用人们的错觉或盲点。"

"哦。"警部似乎依然一头雾水。

我再次环视周围，大家好像也都不明白。

"使用这种诡计的案件，古今中外一共有几起呢？"警部稍稍歪了歪脑袋，问道。

"有很多啊，《莫格街凶杀案》《黄色房间之谜》《犹大之窗》等都是。日本也有很多，比如《本阵杀人事件》之类的。你没有听说过吗？"[①]

"完全没有。"

"我也没有。"春树说道。其他人也都纷纷点头。

我看了一眼在场的人。"你们读过本格推理小说吗？"

所有人都面无表情。过了好一会儿，像是发言代表的春树说道："本格推理……是什么东西啊？"

[①] 这几部作品的作者依次为爱伦·坡、加斯通·勒鲁、约翰·迪克森·卡尔和横沟正史。

3

我坐在长椅上,看着种满洋葵的花坛。水岛府邸的东面有一个类似公园的庭院。绿色的草坪间隐现曲折迂回的散步小道,草坪正中有一个小小的喷泉。

"你也没有听说过'密室'这个词吗?"我问身旁的小绿。

她看着前方,点了点头。或许是因为看见尸体受到了惊吓,她没有说话,脸色苍白,毫无血色,像幽灵一样站在我旁边。

"那么本格推理呢?你知道这种类型的小说吗?"

她仍旧有气无力地摇了摇头。

"哦……"我又把视线投向花坛。

世界上不读书的人有很多,对推理小说不感兴趣的人今天齐聚一堂,也不奇怪。但是,其中竟然没有一个人听说过"密室杀人"这个词,怎么想都不正常。水岛家的人也就罢了,那些警察,再怎么瞧不起本格推理小说,但至少也会有一两个人知道这种小说吧。

"去图书馆看看。"我站了起来。

"图书馆……去干什么?"小绿终于开口了。

"有些事情需要确认一下。"

我和小绿在水岛府邸前拦了一辆出租车,直奔图书馆。到了图书馆,我环视周围,深深地吸了一口气。和昨天我迷路时一样,这里仍散发着老教室的味道。准确地说,是涂在木地板上的油漆的味道。踏入成排的书架间时,我有一种深入茫茫林海的紧张感。

我走向服务台。那里只有一个穿着藏蓝色羊毛衫、约四十岁的女人,浓妆,厚粉,口红艳丽。

"请问有本格推理小说这一分类吗?"

女馆员皱起画得很浓的眉毛,问道:"什么?"

"本格推理小说。"

"那是什么小说?"

"以解开凶杀案中的谜团为主要目的的小说。"我嘴上这么说,却并不自信。关于本格推理小说的概念,众说纷纭,莫衷一是。当然,这是我以前所住的那个世界的情况。

"凶杀……"女馆员想了想,走出服务台,说道,"您跟我来吧。"她带我们来到文学区一个标明"娱乐"的书架前。"这里有那类书。"

"谢谢。"我抬头看着书架。

首先映入眼帘的是《零的焦点》。看来这个世界也有叫松本清张的作家。此外,还有松本清张的《隔墙有眼》《苍白的轨迹》《黄色风土》《重重迷雾》《存活的帕斯卡》等其他作品。只是没有看到以时刻表诡计闻名的《点与线》。

书架上还有水上勉和黑岩重吾等社会派推理[①]小说家及生岛治郎等冷硬派推理[②]小说家的作品。这些作家好像也都存于这个世界。

在翻译类作品中,几乎全是间谍小说和惊险小说,如若不是,便是冷硬派小说。杰克·希金斯、加文·莱尔以及雷蒙德·钱德勒等人的名字映入眼帘。

绕着书架走了一圈之后,我确信无疑了。

小绿问道:"好了吗?"

"好了,我明白了。"

走出图书馆,我和小绿在市政府前面的公园里挑了张长椅坐下,吃了些热狗,喝了点可乐,作为晚饭。日落之后,公园里的照明灯亮了。手指远方的开拓者雕像在夜幕下显出清晰的轮廓。

"开拓者是什么样的人呢?"我捏着热狗的包装袋,问道。

"怎么忽然想起问这个呢?"

"我越来越搞不懂这个地方了。"我把袋子揉成一团向垃圾桶投去,竟然很难得地命中了,"这里不存在本格推理小说,只

[①] 推理小说流派之一,与本格推理分庭抗礼,反对将推理作为纯粹的解谜游戏,主张反映社会现实。
[②] 推理小说流派之一,多以"硬汉"为主人公,故事以写实为导向,动作场面较多。

有社会派推理小说、惊险小说、冷硬派推理小说等。在这里，所谓的推理小说专指这些。"

"您说的本格推理小说和这些不一样，是吧？"

"当然，也不是完全没有相同之处。有些本格推理小说就加入了社会派和冷硬派的要素，但是从根本上来说两者是不一样的。但小城根本就不存在本格推理的概念。所以，在密室里发现尸体，没有人会怀疑其中有诈——这里的人根本想不到凶手会用诡计杀人。"

"但您觉得水岛先生就是死于这种凶杀，对吗？"

"还不好断言，但我觉得没有人会那样自杀。"

"如果是他杀，就成了您所说的本格推理小说了吗？"

"是啊，"我点点头，"正是本格推理小说的世界。"

"这里从没有本格推理小说这个概念，怎么会发生这样的事件呢？"

"不知道。可能是有人把这个概念带了进来。"

"密室之谜能解开吗？"

"当然能，诡计既然是人设计的，就不可能解不开。"我站起身，"好了，我们回水岛府邸吧。"

4

我们回到水岛府邸,管家似乎很意外。"又怎么了?"

"警察已经离开了吗?"

"只有警部和两三个部下还在。"

"太好了。实际上,我有些事情要问警部,也想再看一下现场。能让我进去吗?"

"请稍等。"管家说着走进宅邸,几分钟后又出来了,表示我们可以进去。"前提是您不能打扰他们工作。"

"好,我明白。"

水岛房间里的家具原封未动,还都贴着墙,只是紧靠房门的书架——就是被我们推倒的那个,被移开了一些。书架高约两米,长度与此差不多,从正面看差不多是一个正方形。书架设计简约,没有玻璃,几个简单的隔板将它分为几层。推倒书架时掉落在地上的书也都塞回了原处,每一层都放得满满的,几乎没有空隙。上层多是平装本,越往下,大部头的精装书越多。最下层都是百科全书,按照五十音图排列,粗略一算也有三十本以上。我开始查看书架上是否有本格推理小说,结果一本都没有发现。

大河原警部和年轻的刑警坐在办公桌前。办公桌上摊着一本什么东西,像是笔记本。

"你还有什么事吗?"警部看了我一眼,问道。

"我想采访你,关于这起命案。"

"你要采访的,应该是委员会的事情吧。"

"这个……也是我的工作之一,"我暗忖最好不要让他知道我是为了接近水岛才伪装成撰稿人的,接着说道,"但不是正职。"

"什么?"

"嗯……我的正职是侦探。"

"侦探?就是调查别人行踪之类的工作吧。"警部说出了一般人的想法。

"那种工作我也做。"我本想说我还会侦破杀人事件,却又担心他无法理解。

"你可以在这里看热闹,但请别捣乱。之前都是因为你,我的脑子都乱了。都是你,说什么水岛先生有可能是死于他杀,说什么凶手有可能出入这个房间……怎么可能有这种荒唐的事。"他说完之后,转向部下,问道,"发现什么了吗?"

"没有。"正在检查抽屉的刑警答道。

"你们在做什么呢？"

"这种事看一眼不就知道了？正在调查水岛先生自杀的原因。"

怎么可能看一眼就知道？我心里这样想着，但没有说出口。"那个笔记本是什么？"我指着桌上那本摊开的笔记本问。

"是水岛先生的日记，春树少爷发现后拿给我们的。根据里面的内容判断，他最近好像有些烦恼。"警部看着我，笑了一下，"很遗憾啊，你的猜测好像不对。"

"能给我看看吗？"

"不行，我们有责任保护逝者的隐私。我也只看了春树少爷让我们看的地方。"

"那我也只看那个地方行吗？"

警部想了想，像是怕我纠缠不休，于是翻开笔记本的某一页，递到我面前，指着一段文字说："这里。"

那是前天写的日记，内容如下：

> 最近一直睡眠不足。都是因为那个东西，我每天都睡不着。今天晚上肯定也会失眠。说实话，我没想到会这么烦恼，这么痛苦。

看完日记，我抬起头来。"哦，原来他是在找这上面所写的那个东西啊。"

"嗯，就是这样。"不知是不是因为被我这个外行一眼识破，警部露出一丝尴尬,摸了摸胡子。

"你觉得这个东西是什么?"

"要是知道,我们就不在这里费劲了。"

"在找不知究竟为何物的东西啊。"我看着似乎没什么干劲但依旧在翻弄抽屉的刑警的背影,说道。

忽然,我脑中闪过一个想法。寻找不知究竟为何物的东西——这不正是市长拜托我调查的吗?我也在寻找所谓被盗物品,可谁也不知道它究竟是什么。

"那个东西"是不是被盗物品呢?若是,水岛就是窃贼。但他为什么会为这个而烦恼失眠呢?我呼了一口气。"那个东西就是被盗物品"这一想法很有吸引力,但若想继续推理,线索太少了。我还是先挑战密室之谜吧。

我开始回忆发现尸体后的情景。春树发现父亲死了之后,先是让管家通知弟弟妹妹,然后用房间的电话报了警。

兄妹几人很快就赶到了这里。之前,夏子和秋雄在自己的房间,冬彦则在别屋的画室画画。

其间,我查看了室内所有地方。无论怎么看,也找不到可供人藏身之处。而且,即便有,人也不可能在我们眼皮底下脱身。警察到来之前,没有人离开过那个房间。

"不会是哪里有个小洞吧。"小绿小声说道,"要是那样,凶手就能逃出去了。"

"没错,但在这起案件中应该不可能。"

"为什么?"

"要是有，警察应该能发现。"

"也有可能那个小洞隐藏得很好啊。"

"当然，也有这种可能性，只是……"我有些支支吾吾了。小绿的话没错，或许我应该更加积极地寻找凶手有可能脱身的地方，但是，我不想那么做。不是那样的——总有一个声音在告诉我。

"调查出什么东西了吗？"我问警部。

"这个嘛，有很多，比如因枪击致头部受伤，子弹从右至左贯通脑部，当场死亡。据推测，死亡时间为正午到下午一点之间。"

"有人听到枪声吗？"

"没有，枪装着消音器。"

"从正午到下午一点之间，大家都在哪里、在做什么？"

"都在各自的房间里做自己喜欢的事。"

大家似乎都没有不在场证明。

盲点在哪里呢？难道水岛真的死于自杀？不，这不可能。无论哪个世界，都不会有人采用这样夸张的方式自杀。

"你可以发挥想象，但请不要忘了，这是现实中的案件。那种魔法故事的确很多，却只存在于小说中。"警部非常生气地说。他好像还没有明白诡计和魔法的区别。

我走出水岛的房间，下了楼梯，听到餐厅有声音传来。门开着，能轻易听到里面的声音。虽然不礼貌，但我还是把耳朵贴近门边，听里面的人在说什么。

"别墅就给你吧,父亲说过要给冬彦你的。这样还不行吗?"这是春树的声音。

"别开玩笑了,那不值几个钱,还是赶紧把这个宅子卖了吧。这才是最好的呢。"

"我反对。现在急着卖,会被卖家杀价,收不了好价钱。还是商量一下怎么分银行里的钱吧。"

"那个以后再说,我们还是先分东西吧。"春树说。

"那我要美术品。父亲以前就跟我说过,要把画和古董之类的都给我。"

"口头上的许诺没有什么法律效力。"

"那为什么把别墅给冬彦呢?这是怎么回事?明明他排行最小。"

"这跟排行没有关系。"

"你们怎么分都行,该归我的那部分谁也别忘了。"这是秋雄的声音。

唉,又是这种故事套路。我摇摇头,轻拍一下小绿的后背,走开了。

5

"水岛死后,他的子女做的第一件事只怕是分配遗产。"市长悠闲地坐在沙发上,端着盛有白兰地的杯子,说道。

我们正在市长家。送小绿回到家,我顺便向市长报告了这件案子。他已经从警察局局长那里听说了大概。

"那几个孩子不和,是出了名的。"市长轻轻晃动手中的杯子,嘴角泛起微笑,"他们几个同父异母,母亲都不是正室,从小就和母亲过单亲家庭生活。在修建了这栋宅邸之后才被接来一起生活,但那时他们都已成年了。"

"原来他们并不亲近啊。"

"正是。让他们好好相处,说着容易,其实很难。何况水岛又是个大财主,不发生争执才怪。"市长以旁观者的语调说完,用酒润了润嘴唇,接着又抿着嘴缓缓摇了摇头,"可是,水岛竟然死了,真是令人慨叹啊。都说人生就像爬山,每一步都要小心,真是不假。对他来说，人生就这样猝然闭幕了。"

"若是自己谢幕，也还好啊。"

听到我这样说，市长把杯子放在大理石桌面上，稍稍探出身子。"哦？听小绿说，你认为是他杀？"

"但要想证明，还有一个问题需要解决。"

"是密室之谜吧？我听小绿说了，真厉害！"市长叼起烟卷，很有兴致的样子，"这真是一个大好时机。你遇到这件案子绝不是偶然，是奇迹。请你发挥聪明才智，让我开开眼界。"

"但是如果没有人委托，我对此进行调查就很贸然。"

"我委托你啊。先前我拜托你调查的盗掘一事，往后拖拖也没关系。"

"啊……"看到市长这么兴奋，我有点不知所措。此外，我一直很在意小绿。一路上她都沉默不语，像是因为看到尸体受了惊吓。现在她应该在自己的房间里。

"那个密室之谜……"市长问道，"怎么样？能解开吗？"

"还不清楚。"

"听小绿说，你很自信。"

"应该会有办法。"

"真是让人放心啊。"市长似乎很满意，悠然地吐了个烟圈。灰色的烟圈笔直向上升，到吊灯附近才缓缓散开。"像你这样的人才，应该侦破过不少类似案件吧？"

"遇到过几次。"

暴风雪山庄、童谣杀人……各种各样的场景在记忆中复苏了,但那并不是我的记忆,而是侦探天下一的。

"那些经验能派上用场吗?既然都是密室,应该有相通之处吧?"

"没那么简单。"我尝了一口白兰地,酒中带有法国夏朗德的泥土的芬芳。

"密室也分很多种吗?"市长问道。

"千差万别。"我答道,"但如果概括一下,大致可分为七类。"

"请给我讲讲吧。"市长交叉双脚,很放松地靠在沙发上。

"第一种,实际上没有发生凶杀,但由于各种巧合,看起来像是发生了凶杀。"

"如果以本案为例,就是死者本是自杀,但因为某种巧合,自杀地点变成了密室?"

"是这样,但家具自身不会移动,所以可以排除这种可能性。第二种呢,虽为他杀,但不是凶手直接所为,而是被害人被逼自杀或遭遇意外。但水岛先生不可能自己搬动家具,这种情况也能排除。"

"那第三种呢?"

"第三种就是,凶手在房间中设计机关,由机关自动达成杀人的目的。"

"本案应该不是这样吧?"

"不是。水岛先生的头部被他自己手中的枪击中,这一点没有任何疑问。手枪上也没有发现机关。"

"说一下第四种吧。"

"第四种与第一种有点相像,是伪装成他杀的自杀。死者为陷害某个人,不惜以自己的生命设下圈套。但因设想不周,自杀场所偶然之中变成了密室。"

"这也不可能啊。伪装成他杀陷害别人,为什么还要故意放一个书架挡门呢?"

"你说得对。第五种是,被害人早已死亡,凶手利用错觉或通过伪装,让人觉得他还活着。"

"这样可以变成密室吗?"

"可以。比如这个诡计:大雪纷飞的夜晚,在宅邸的某一别屋中,凶手使用消音器等装置枪杀了对方。接着,凶手设置机关,让录音机在一定时间后自动开启,随后若无其事地回去和众人谈笑风生。不久,录音机里的磁带开始转动。听到枪声和惨叫的众人飞奔出去时,大雪已经覆盖了庭院中凶手的脚印。众人到达别屋之后,才发现人已被杀。凶手则趁忙乱之际收回录音机。"

我话音刚落,市长叼着烟卷噼啪鼓掌。"啊,真是太精彩了!这也是你侦破过的案子吗?"

"不,是我根据其他案件改编的。这是一种非常基本的诡计类型。"

"这还算基本?真是深奥啊。"

本格推理小说迷们要是听到市长的这番话,一定会感动得热泪盈眶。

"第六种呢,恰恰与第五种相反。被害人还活着,凶手却令目击者产生错觉，以为被害人已死在房间里。之后，凶手再打开密室，把人杀掉。"

"本案不符合这种类型吗？"

"应该不行。我们推倒书架的时候，水岛先生的确已死，我们当时就发现了尸体，而且据现场判断，他不是刚被杀的。"

"那么最后一种类型呢？"

"这种类型很好理解。凶手对门窗、烟囱等进行改造，制造一种乍一看不可能进出的假象。在屋外使用线和金属器具扣动屋内扳机也属于这种类型。"

"的确不难理解，但从外面移动书架肯定是不可能的。"

"若是空书架，倒还有可能。但水岛先生房间里的书架塞满了书。"我想起了书架上排列得没有任何空隙的百科全书。

市长"嗯"了一声。"这么多的类型，却没有一个与本案相符，这是怎么回事？"

"一定有符合的，只是我们还不清楚是哪个。这部分就是凶手的独创性所在。"

"也是凶手的本事所在？"

"是的。"

"那么也是你大显身手的地方啊。"市长笑着说，好像乐在其中。

"应该会有一些蛛丝马迹。"我说完，喝了一大口白兰地。香醇的酒似乎能刺激我的脑细胞。

"家具被搬动和密室有什么关系吗？"

"绝对有，"我断言，"这不是因一时兴起或者喝醉了做出的事。凶手肯定有不得不这样做的理由。"

"不管怎么说，我想不出来。"市长抬起手来摆了摆。

紧靠墙壁的书架和其他家具浮现在我眼前。那意味着什么呢？我陷入了沉思，一时间，沉默将我们包围。

"那……"市长变换了语调，眼神似乎在暗示什么，"若是他杀，凶手会是四个孩子之一吗？"

"还不清楚，虽然……"我缄口。

"怎么了？"

"要是那样，就太……"

"太什么？"

我决定一口气说出来："动机就太单纯了。"

"是吗？"

"四个孩子的母亲在做什么？"

"去世了。"

"都去世了？"

"是的。这也只是谣传……"市长压低声音，嘴角浮现出诡异的微笑，"听说水岛喜欢病恹恹的类型。"

真是让人语塞。

"是因为不得不独自抚养孩子，积劳成疾，才早逝的吧？"

"你很清楚啊。"

我叹了一口气，挠了挠头皮。"如此说来，四个孩子虽然是水岛先生的亲生骨肉，却都对他抱有怨恨之心，是吧？"

"据说是这样。"

"而且水岛先生死了,他们还能继承遗产。"

"数额非常庞大。"

我再次挠了挠头皮。大概是看到有头屑掉下来,市长有些不快。

"太老套了,都能背下来。觊觎遗产兼为母报仇,这么普通的动机很少见呢。这样说虽然很奇怪,但这种动机就是老套,让人失望。四个孩子的母亲死因相同,已是敷衍了,这样会被人骂的。"

"被人骂?"市长用手指夹着香烟,瞪大了眼睛,"会被谁骂?"

"这……"我一时语塞。

对,会被谁骂呢?我在意的是谁的目光?为什么如此普通乃至老套的动机会令我感到这么不安?

"总之,就是会被知道这起案件的人骂。这么有钱有势的家族,竟会因这种事失去一家之主,就是这样。"我嘴上这么说,内心却在否定自己的说法——不是这个意思。我更在意别的东西,只是我不知道是什么。

市长并不了解我的困惑,用力点了点头。"是啊。但越是有钱,家庭关系越是丑陋和复杂,这很常见。"说完,市长又叼起一根烟。他本想用打火机点烟,但怎么打都不出火苗,只好伸手去拿放在一边的火柴盒。

"不过,还不能确定凶手就在这四个人当中。"我说道。

"是啊。"市长推开火柴盒，正要取出一根火柴，手一滑，盒子掉到了地上。"啊，坏了。"他慌忙俯身，准备捡拾火柴。

幸运的是，火柴盒只开了一半，而且掉在地上时没有四下翻滚，所以火柴并没有掉落出来。

我脑中倏地浮现出一个场景，我发现了其中隐含的重要信息。脑细胞运转了数十秒后，某个模模糊糊地浮现在我脑海中的想法逐渐清晰起来。

"原来如此。"我对市长说，"我好像知道答案了，密室之谜的答案。"

6

第二天，我带着小绿来到水岛府邸。和上次一样，管家站在玄关前等候。或许是我的错觉，他这次看我们的眼神似乎多了一些善意。

"欢迎欢迎。"管家客套了一番，说道，"我已经听市长说了，大家都在餐厅等着呢。"

"不好意思，让你费心了。"

"我说……"管家以手掩口，在我耳边低语道，"市长说的是真的吗？老爷果真不是死于自杀？"

看着管家一脸期待的神色，我心想，他也不太赞同自杀的说法。"一会儿我再详说。"我不会提前泄密。侦探最在意的就是揭晓谜底的时刻。

但是管家依旧小声说道："自从老爷去世，春树少爷他们就一直在讨论遗产继承问题。他们似乎只关心遗产，连葬礼都全权委托给了公司人员,在天堂里的老爷看了一定会伤心。更何况,其中还有夺走老爷性命的人……请务必将凶手绳之以法。"

"我只负责破案,将凶手绳之以法就交给法官吧。"

我们由玄关走进宽敞的大厅。我没有直奔餐厅,而是带着管家和小绿来到了水岛的房间。

室内没有任何变动,与昨天我和警部交谈时一样。发现尸体前阻挡我们进屋的那个书架也原样未动。我走近了书架。

我打开餐厅的门,喧闹声戛然而止,所有视线都聚集在我身上。水岛家的四个孩子和以大河原警部为首的警察都在这里。

"咦,就你一个人?"春树看了看我身后,"黑本呢?"

"我让管家和助手小绿帮我做一些准备。"

"什么准备?"

"这个……敬请期待。"

"爱准备什么准备什么。"坐在最里面的冬彦把脚搭到桌子上,傲慢地说,"是市长请求我们在这里集合等你。你到底想干什么?我可没工夫听你瞎扯。"

"是啊,我们有很多事要做呢。不管怎么说,这才是父亲去世的第二天……"

"所谓的很多事,其实就是遗产分配吧。"

夏子瞪了我一眼,其他三人的脸色也忽然变得可怖起来。

"喂,喂喂,"警部一脸无奈地向前迈了一步,"你怎么回事,说话这么无礼?你是故意来让大家生气的吗?看在市长介绍的分上,我就睁只眼,闭只眼,但你自己得清楚,你可不受大家欢迎。"

"若是我说的话让各位感到不高兴,我道歉。但是,你们昨天在这里讨论如何分配遗产,我全都听到了。"

大概想起了昨天的对话,四人面面相觑,显得很尴尬。

"是时候开始了。"我扫视着在场的所有人。一瞬间,似曾相识之感又涌了上来。在众人面前陈述我的推理——我曾做过很多次,这才是我人生最大的舞台,我回到了原本应该在的地方。我吸了一口气,张口道:"各位。"

众人屏气凝神,等着我的下一句话。紧张的气氛令我非常舒服。

"水岛先生的死……"我稍事停顿,看了大家一眼,确定所有人都注视着我后,才继续说道,"不是自杀,而是他杀,即被他人杀害。"

我听到了一片惊呼。随后,理所当然地,水岛家的兄弟姐妹们大骂起来。

"胡说八道!"

"居然这样说!"

"神经病!"

"去看医生吧!"

"安静,请大家安静。"意外的是,警部开始维持室内的秩序了,"我们先听听,先听完。"

多亏了他,室内又变得安静了。只有冬彦最后嘟囔了一句:

"我们没空听疯子说话。"

"也难怪大家吃惊。的确,从现场看,凶手不可能从房间脱身。但实际上并非如此,只要设置一个机关,就能让不可能变成可能。"

"胡说什么啊!"春树说,"当时,你不也和我们在一起吗?房间里没有任何机关。"

"但是,房间的布置让人难以理解,家具全都紧贴着墙。"

警部说道:"的确令人难以理解,但这又怎样呢?我们查看了每一件家具的后面,没有可供脱身的暗道。"

"怎么可能有!"秋雄说道,"即便有,凶手又是如何在脱身后将家具堵住暗道入口的呢?"

"你说得对。"我看着秋雄像少年般瘦小的肩膀,点了点头,"不管是暗道还是房门,乍一看,凶手在出去之后,都不可能将家具堵在那里,这毫无疑问。"

"凶手不在房间内,这也毫无疑问。"春树大声说,"你应该可以作证啊。"他指着我。

"这个嘛,其实有些微妙……"

"微妙……"警部忽然大声问道,"什么意思?"

"凶手不在房间内,也不在房间外。"

"你说什么?"

"无稽之谈!"夏子咬牙切齿地说道,"凶手不在房间内,也不在房间外,这不等于根本就没有凶手吗?"

"不是这个意思。"我取出怀表看了一眼,应该准备得差不多了,于是我抬头面对众人,"解谜的时候到了,请大家随我来。"我走出餐厅,登上楼梯。

这时,我所认定的凶手露出了不安的神色。但我佯装不知,来到水岛的房间门前。"门锁着,这没有什么,因为凶手可以从里面锁门。问题在于门的那一头。"我用力拉开了门。

大家发出了惊讶的叫声。门内和当时一样,立着一个书架。

"警部,请帮帮忙。"我向警部说,"请把这个书架推倒。"

"是和当时同样的情境吗?"警部脱下外套,挽起衬衫袖子。

我们齐声喊"推",一起发力。书架很快就倾斜了,因为小绿他们事先减少了书的数量。

很快,书架倒在了地上,我们看到了屋内的情形。没有尸体,只有管家站在房间中央,看着我们。

"黑本,你为什么站在那里?"春树问道。

"是天下一先生的指示。"

"什么指示?"

"这个……天下一先生会解释的。"管家看了我一眼,没有直接回答。看来,他对这个家的孩子并不忠诚。

"这是怎么回事,天下一先生?"警部问道,"的确,门的那一头有个书架,和发现尸体时一样。但是现在屋里是一个大活人,这可完全不一样啊。"

"警部,请别着急,先进屋看看。"

"什么啊,怎么回事?"警部跨过书架,走进屋内。

"你发现什么了吗?"

警部扫视一圈,说道:"没有什么异常啊。"

"是吗?如果管家是凶手,藏在房间的某个角落,他能在你的眼皮底下逃走吗?"

"什么?"警部看看管家,又看看屋子,最后看着我摇了摇头,"不可能,不管他藏在哪里,我都能看见。"

"是吗?"我回头问四兄妹,"你们觉得呢?"

"你到底想说什么?"冬彦的声音里透着焦急,"不要卖关子了,有什么话赶紧说啊。"

"那我就揭开谜底吧。"我扭头看着警部,"发现尸体的时候,凶手就在我们旁边,然后,他从我们眼皮底下偷偷溜走了。"

"他是怎么做的?"警部噘着嘴,问道。

"就像这样。"我把拇指和食指伸到口中,吹了个口哨。

咔嗒!倒落在我们脚下的书架里传来一个声音。书架正对房门的底部被打开了。底板从内侧被卸了下来,小绿从空隙中爬了出来。

"啊!"警察们惊讶地叫了起来。

爬出书架的小绿将书架底部复原,站了起来,对着警部做出体操运动员落地时的标准动作——挺起胸脯,双手向上伸开。

"啊!"警部吃惊地跑了过来,"你干了什么?你从哪儿冒出来的?你藏在哪里?"

"这里。"我用手杖捅了捅书架底部,底板咔嗒一声倒向另一边。

"啊!"警部张大了嘴,"这个地方……"

83

"真是一个非常完美的诡计。将书架摆在门前,要想进屋就只能把书架推倒。看到水岛先生倒在屋子中央,无论是谁都会先跨过书架上前查看。就在这个瞬间,对凶手而言再有利不过的死角出现了——屋里的人是看不见凶手从书架里爬出来的。"

"且慢,凶手是什么时候藏到书架里的呢?"警部问道。

"这个很简单,听到有人敲门时藏进去就行了。"

"但是,当我们后来把书摆回书架上时,架子上几乎没有空隙,哪有凶手的藏身之处啊?"

"那也是一个诡计,而且正是它令我想到可能有这种机关。"

"怎么回事?"

"请回想书架被推倒时的情况,或者查看现场照片——当时百科全书掉在了书架旁边。"

"这个我记得,有什么异常吗?书架倒在地上,里面的书掉了出来,这没什么啊。"

"若是书架上层的书掉出来也就不足为奇了,但是百科全书是放在最下层的,而且排列得很紧密,几乎没有缝隙。在这种状态下,虽然书架向前仆倒,里面的书却不可能掉出来,更别说是散落在书架旁边了。"

警部先是惊讶地"啊"了一声,接着又沉闷地"嗯"了一声。
"的确是这样的。"

"百科全书掉在地上,这意味着什么呢?意味着凶手事先将书拿出来,自己躲在了书架最底层——当然,他早已对书架的底板做了手脚,只等外面的人开门。"

"那么,"警部若有所思地问道,"在复原书架的时候,我们为什么没有发现这一点呢?"

"如果知道有人会这样做手脚,就很容易查出来。如果从未想过,当然就很难发现了。"顾及警部的面子,我这样说道,"我想大家现在知道其他家具都靠墙而放的原因了吧。凶手是为了分散注意力,避免大家关注门前的书架。"

"原来如此。"警部咬咬嘴唇,问道,"凶手到底是谁呢?"

"在揭穿这个诡计的时候,凶手是谁已基本确定了。但在此之前,还有件事要向管家确认,"我看着管家,说道,"关于水岛先生的生活习惯。"

"什么?"

"发现尸体时,水岛先生穿着睡衣和长袍;而警方认为,他的死亡时间为正午到一点之间。如此说来,至少到正午,水岛先生都还穿着睡衣和长袍。对此,你觉得正常吗?"

"这……"管家半张着嘴,想了想,说道,"您这么一说,倒的确有些反常。老爷一般十一点左右就换衣服了。"

我点点头,看着警部,问道:"水岛先生的死亡时间真的是正午以后吗?有那之前的可能性吗?"

"啊,实际上,也有人认为应该更早一个小时,但是秋雄少爷说他在接近正午时见过……"警部似乎忽然意识到什么,严肃地看着秋雄,"啊,难道……"

我早就发现,秋雄从一开始就用恶狠狠的眼神瞪着我。但直到此刻,我才扭过头来看他,他却倏地把脸转向一边。

"凶手杀害水岛先生的时间应该是上午十一点左右。之后，正如大家所知，他要做一件非常重要的事情——搬动家具。因为水岛先生与我约好下午两点见面，因此凶手只有不到三个小时的时间。其间，他把所有家具搬到墙边，把做了手脚的书架搬到门前。在成功制造出密室杀人的假象后，他还有一个顾忌，即这三个小时之间没人见过水岛先生，也没人见过自己。为了掩饰这一疑点，凶手才谎称上午见过水岛先生。"

"不是的，不是我！"秋雄用力摇头，"证据呢？说我是凶手，请拿出证据。的确，你的推理听起来挺对的，但不能因此就确定我是凶手。按照你所说的方法，谁都能制造出密室。"

这回轮到我摇头了。"不，秋雄少爷，你就是凶手。你是唯一可能的人，因为……"我指着倒在地上的书架，说道，"这么小的空间，只有你能进去啊。"

有人"啊"了一声，不是秋雄，而是警部。他似乎也已经确定秋雄就是凶手了。

秋雄像是失去了反驳的力量。他咬着嘴唇，颤抖起来，拳头紧紧攥起。"不止我一个！"他喊道，"凶手不止我一个！"

"秋雄！"春树大声说，"你在说什么啊！"

"怎么回事？"警部往秋雄的方向走了一步。

"的确，杀了父亲的人是我，但那是我们商量好的。"

"商量？"

"秋雄，你可别瞎说！"夏子喊道，声音略带颤抖，仿佛有些惊恐。

秋雄看着姐姐，冷笑一声。"已经完了，这种时候了，我可不想一个人进监狱，没有这样的道理。警部，这件事是我们四个人决定的——杀死父亲的人，能够分到一半遗产。就因为这样，我才动了手。"

冬彦忽然笑了起来。"哥哥，你说什么呢？警部，他疯了，请快把他带走吧！"

"你们装傻也没用。你们以为我会在没有任何准备的情况下杀死父亲吗？我们约定的证据，我早留下了。"

"别胡扯了！"春树怒吼。

"是录像带。"秋雄说道，"你们没有发现吧？在我们商量谁杀死父亲就分给谁一半遗产的时候，我用针孔摄像头录下了全部过程，以防事后你们赖账。现在你们不承认也没用。"他转向警部，说道："录像带在我房间里，挂在墙上的画框后面。"

"赶快去确认。"警部对部下发出指示。

对于秋雄的反击，另外三人无计可施。春树板着脸看着天花板，夏子歪着涂得很浓的丑陋嘴唇没有说话，冬彦则满脸厌恶地挠着下巴。

"看来有必要听听你们几个的说法。"说完，警部向部下指示，"把他们都带回局里。"

穿着制服的警察们带走了贪婪的三人，秋雄因对警察说"请稍等一下"而留了下来。

"你有什么怨言吗？"警部问道。

"没有怨言，我只是有话跟天下一先生说。"

"什么？"我扭过头来看着他。

秋雄说道："你的推理很棒。"

"谢谢。"

"只是……"他歪了歪脑袋，说道，"不完美。我还有几点想要补充，可能会出乎你的意料。"

"我很想听听。"

他点了点头，开口说道："那个机关——哦，借用你的说法，好像是叫诡计，不是我想出来的。"

"哦？"我看着秋雄尖细的下巴，"是吗？那是谁？"

"不知道是谁，我是从父亲那里学来的。"

"从水岛先生那里？"

"对。事发前夜，父亲叫我去他的房间，对我说起奇怪的事情。他说某户人家发生了命案，尸体倒在房屋中央，家具靠墙而立，门被书架堵死了，凶手却不见踪影。"

"不是和本案完全一样吗？"警部瞪大了眼睛。

"父亲问我，你知道凶手是怎么做的吗？我当然不知道。于是父亲画图向我解释，然后又对我说，你不想试试看吗？"

"试……什么意思？"我问道。

"当然不是真的去杀人，而是试试这个设计是否可行。为了对书架的底板进行改造，父亲还专门准备了木工工具。"

"老爷啊，"管家意味深长地说道，"有时就像个孩子。"

"让大家大吃一惊——父亲这样对我说。父亲之所以选择我，正如你所说，是因为我个子小。"

"第二天,也就是事发当天,你就真的试了?"

"对。父亲的计划是这样的:我们一起搬动家具,然后准备好机关。待管家来叫门,父亲不应声。不久,外面肯定会有人开门,这时我就藏进书架,父亲则装死。待发现者吃惊地跑到房间中央时,父亲猛地坐起来,向他们提问。"

"凶手是谁,怎样逃出房间——是要这样问吧?"

"是的。"秋雄连连点头。

"你全按计划做了,除了一点。"

"对,除了那一点。"秋雄的脸上浮现出笑容,"父亲对我没有任何怀疑,连我拿着手枪接近他时也没有任何戒备。也许直到最后他都没想到自己真的会被杀死吧。真是天真。"

"老爷很爱你们。"

秋雄瞪了管家一眼。"那是天真,那个人完全不懂什么是爱。"然后他看着我,说道,"就这些,接下来的就和你说的一样了。我刚才也说了,你的推理真的很棒。"

"谢谢夸奖,我很荣幸。但是有一点我不明白,令尊是从哪里知道这个诡计的呢?"

"不知道。父亲是这么说的:这种谜题,若无他人相告,我们是想不出答案的。所以他肯定也是从别人那里学来的。"

"原来如此。"

在这个不存在本格推理小说的世界,水岛是从哪里得到这一知识的呢?如果是他人所授,那个人又是从哪里学到的呢?

"诡计被你识破了,真遗憾。但是,天下一先生,"秋雄露出一丝如释重负的表情,"我一点都不后悔。这件事让我明白了自己存在的意义。"

"此话怎讲?"

"你应该知道,本地的居民都不知道自己为什么会在这里,但每个人都想知道,我也是。我为什么是这个家的次子,为什么会和大家一起争夺财产,又为什么如此瘦小?我一直想寻找这些问题的答案。通过这起案件,我明白了,我就是为了实施这场谋杀而生的。本案凶手,正是上天赋予我的角色。在这个意义上,"秋雄微微一笑,接着说,"我现在很满足。"

他那少年般尖细的声音响彻整个大厅。从他的表情来看,不像是虚张声势。

"好了,我们走吧。"秋雄对旁边的刑警说。刑警似乎如梦初醒,慌忙把他带走。

我们目送他远去。

"真是不可思议啊,"警部忽然冒出一句话来,"我好像能够理解他的心情。"

"是吗?"

"嗯,我似乎明白了自己为什么会在这里当警部,好像不仅仅是为了侦破案件……"发现我们都在看他,他不好意思地笑了,笑容中还夹杂着一丝无可奈何的苦涩,"可能是我多想了。不管怎么说,这次我可真是服了你了,再会。"

我目送警部远去。

7

管家黑本开车送我和小绿去市政府。我们已打电话告诉市长案子破了,但他似乎想尽快听我亲口讲述事情的始末。

"水岛先生为什么会知道这种诡计,仍是一个谜啊。"我在车里说。

"关于这一点,我倒有点线索。"管家握着方向盘,侧过脸对我说。

"什么?"我探出身子。

"老爷被杀的前一天中午,来了一个客人。他们在房间里谈了很久。"

"客人是谁?"

"火田俊介先生。"

"那个作家?"小绿问道。

"是的。"

"是一个畅销作家，"小绿转身对我说，"他也住在这座城里。"

"等一下。"我从上衣口袋里掏出一张纸，摊开来，"果然如此，是纪念馆保存委员会成员。"

"啊，确实是啊。"

正当此时，管家失声喊道："啊！这是怎么回事？"

眼前亮着红灯，我们的车却在十字路口径直往前开去。没有撞车，只能说是幸运。

"怎么了？！"

"刹车……刹车……"管家奋力踩着脚刹，车子的速度却丝毫未减。

公路左侧有一个工地，土堆得很高。

"去那边！"我大喊。在我开口之前，管家好像已做出同样的决定。

轮胎发出刺耳的摩擦声，车子改变了方向，朝土堆开去。我抱住小绿，伏下身子。

剧烈的冲击袭来。

第三章 小说家

1

"我让警察帮着检查了,有人对刹车装置做过手脚。听说,警察要将此事以杀人未遂立案。"市长打完电话,回到沙发边,说道。

"要对这个做手脚,费事吗?"我问。

"不费事,熟练的人几分钟就能完成。"

"查过都有谁出入过水岛府邸的停车场吗?"

"停车场有卷帘门,据说大多时候都开着。这栋宅邸很大,而且有很多园艺师出入,即便有人接近汽车,也不好刻意盘问。"

"最后坐过那辆车的是谁?"我问。

"水岛被杀前两天还和司机乘坐过。那辆车是水岛专用的,若说会有其他人乘坐,也就是管家黑本了。据说,水岛被杀之后,司机就没有碰过那辆车。"

"这么说,那辆车闲置了有一段时间了?"

"是的。"市长点了点头。

我抱着胳膊,想了一会儿。我的右臂还缠着绷带,车撞上土堆时受伤了。幸运的是,也算有惊无险。

这里是市政府的市长办公室。我和小绿在事故现场回答了警察的问话之后,为了保险起见,又去医院做了脑电波等项目的全面检查,然后来到这里。不幸中的万幸,我、小绿和黑本都只是受了轻伤。

"凶手会是水岛秋雄吗?"小绿说道。

"秋雄……为什么?"

"既然他想杀自己的父亲,就可能对汽车动手脚啊。"

"你是说,他准备了密室杀人和破坏刹车装置两个杀人计划?"

"这不可能吗?"

"不是不可能。但在一般情况下,只有第一个行不通才会实施第二个啊,不是吗?没有人会同时实施两个计划。"

"是秋雄的兄弟或姐姐所为吧?"市长说道,"他们都希望水岛死。在他们确定秋雄会把父亲杀掉之前,另拟计划也不足为奇,只是秋雄抢先一步。"

"还有人想杀水岛先生——我赞同这种说法,但如果是某个子女干的,在确定水岛先生被杀后,他应该会将刹车装置复原,因为已经用不上了。留下证据反而很危险。"

"倒也是啊。"市长揉了揉太阳穴,"那么,天下一先生,你如何推理呢?"

"还没有任何头绪。"我摇摇头,扶正略偏的眼镜,"但有一点我敢断定,凶手想要的,并不是水岛先生的命。"

"哦?"市长看着我,"那是谁的?"

"不知道。"我回答。其实我已经知道了,但不打算在这时候说出来。

"哦。"市长用指尖敲了几下桌子,说道,"不管怎样,这方面的调查还是交给警察吧,你觉得呢?"

"可以。只是,信息……"

"我明白,我会让他们及时报告查到的信息。"

"拜托了。"我低下头发蓬乱的脑袋。

"对了,"市长搓着手,看看我和小绿,"听说,火田俊介在水岛被杀的前一天造访过水岛府邸。"

"是的,目的不明。可能与纪念馆保存委员会的事情有关。"

"他也是委员会成员之一。他找水岛是为什么事呢?只有他们两个成员会面,令人费解。"市长茫然地看着远方。他像是有自己的想法,正思考着。

"火田先生是什么样的人呢?听小绿说是作家。"

"正是,是作家。"

"他都写些什么?"

"这个……怎么说呢,一些以社会问题为题材的虚构作品吧。"

"是社会派小说吗?"

"要是有这种派别,应该属于这一类。"市长说着点了点头。

"听说作品很畅销。"

"好像是吧,但不清楚现在的情况。有传言说,他的作品最近销路都不太好。"

"是因为经济不景气吗?"

"可能也有这方面的原因,但更多的或许是因为读者厌倦了他的小说。我也读过几本。"他看着书架,接着说,"即便出版社特意送来,也大多束之高阁,没有心情阅读。"

"沉闷的故事太多。"小绿插口道,"一个沉着脸的大叔皱着眉头调查案件——全是这样的故事,毫无新意,看得人颈椎酸痛。"

"真严厉啊。"听到小绿这样贬低作家,我有些不舒服。这提醒了我,在原来的世界中我的身份是作家。"我想明天拜访火田先生。"我说。

"没问题,过一会儿我联系一下。"市长非常爽快,似乎对我之前的工作很满意。

回到宾馆,我在地下餐厅吃了饭后,返回自己的房间。房间略小,显得单人床有点大。我脱下衣服扔在床上,进了浴室,打开淋浴器。我本想好好地在浴缸里泡一泡,但第一天住进这里时我就发现,持续放热水超过十分钟,水就会变得冰凉。于是,我只得放弃那种奢侈的想法。

我草草地洗完乱成一团的头发,然后洗脸、冲身体,接着打算刮胡须。转向镜子时,一样东西映入了眼帘。

雾蒙蒙的镜子上出现了文字。应该是用肥皂水写上去的,所以文字部分没有起雾。文字如下：

> 回到原来的世界，否则必死！

看着那行相当幼稚而拙劣的字，我全身僵硬，不知该如何是好，心跳加速，脊背发凉，腋下全是汗。

我用毛巾擦掉镜子上的字，穿着宾馆提供的浴袍走出浴室，坐在椅子上，久久无法平静。

我想起了白天发生的事情。

既然凶手要杀的不是水岛，那就一定是我了，这种解释最合理。凶手要杀的绝对不是管家。为了送我们，管家才开了那辆车，而开车的不一定是他，还有可能是原来的司机。凶手无论如何不会使用命中率这么低的杀人方法。也不会是小绿。凶手的目标果然是我。

这么说，凶手是在某个地方监视我，在知道了有人会开车送我的时候迅速做了手脚。那么，凶手是从什么时候开始盯上我的呢？

答案从刚才的文字中便能判断出来。

"回到原来的世界"——这句话的意义非常重大。在这个奇怪而扭曲的世界中，有一个人知道我来自于另一个世界。那个人从我来到这个世界的那一刻起，便盯上了我，想要我的性命。

后面那句话更是深深刺痛了我的心——"否则必死"。

2

第二天,我吃完早饭,正喝着咖啡,小绿出现了。她穿着一条浅绿色连衣裙,非常漂亮。

"可以去见火田俊介了。我们这就动身吧!"

"还真快啊。"我慌忙喝了一口咖啡。

"畅销作家的日程可能排得比较满。"

"也对,那就出发吧。"我喝完咖啡,站起身来,说道,"你穿这件衣服很漂亮。"

"真的吗?谢谢。"小绿优雅地转了一个圈,裙裾飘扬。

我们在宾馆前拦了一辆出租车,小绿对司机说,去文理区的皮拉图斯之家。

"皮拉图斯之家?"

"那是火田俊介家的名字。"

"家的名字?难道不是公寓的名字吗?"

"是他家的名字。"

"哦，还给家取名字，真厉害。"

"那可是有名的宅子。除了火田俊介以外，他的几个弟子——未来的作家也住在那里。对那些人来说，相当于公寓吧。"

"能养得起弟子，真是有钱啊。"

"畅销作家嘛。"

"也是。"听到"畅销作家"这个词我就不高兴。

在一条弯弯曲曲的坡道上，我们下了车。周围遍布大大小小的民宅，构成了一座迷宫。这些住宅都是砖石结构，没有一栋是我以前所熟知的传统日式住宅。但是，我已经逐渐习惯这个扭曲的世界了。这个地方就是这样。

皮拉图斯之家位于主干道和一条小路的交会处。因为它那像公寓的名字，我原以为它很高大，没想到只是一栋围着石墙的二层建筑。透过紧闭着的铁栅栏门，能够看到正对面的庭院。庭院被口字形回廊环绕，回廊上是并排而立的房间。虽然规模稍逊，但格局与市立大学相同。或许这是小城的传统建筑样式。

门柱上装有对讲机，我伸手摁了一下门铃。很快，里面传来非常不高兴的应答，像是一个年轻男子的声音。我对着话筒报出名字和身份。

不久，一个年轻男子出现在门后。他长得高高瘦瘦，戴着一副看起来度数很高的眼镜，脸色不太好。毛衣耷拉在瘦弱的肩膀上，看起来空荡荡的，一副以前落榜复读生的模样。他警惕地看着我们。"跟你同来的只有这一位吗？"

"是的。"我回头看了眼小绿,答道。

大门紧闭,瘦削的青年拿出一串钥匙,打开了一侧便门的锁。我们进去之后,青年又把便门锁上了。

"总是锁着门吗?"我问道。

"基本上是这样。有些人想要参观,总会随随便便、不打招呼就闯进来。"

"做名人也很辛苦啊。"

"有名的是老师。"

"你是他的弟子吗?"

"我姓青野。"他微微鞠了一躬,引我们向前走。

楼梯在回廊中央,我们上了二楼。二楼一样有回廊,房间也面朝回廊并排而立。

"这栋住宅真大啊。不知房间布局如何?"

"二楼有八个房间,供老师和他的家人居住。我们弟子的房间在一楼,共四个房间,但目前只有三个人,有一个空房间。此外,一楼还有书库和公用厨房。老师和家人的房间里都有厨房。"

你们只是寄居的弟子,共用一个厨房也无可厚非吧——我在心里嘀咕。

"真安静啊,大家都在各自的房间里吗?"小绿悄声问道。

"夫人和小姐们去境外旅游了。"青野答道。

"哎呀呀。"我叹了一口气。这家人好像真有用不完的钱啊。

我们沿着回廊走了大概半圈,青野在一个房间门口停下,抬手敲门。屋里传来一个低沉的声音:"请进。"

青野推门进去。"天下一先生来了。"

"请他进来。"另一个低沉的声音响起。

我们跟在青野的身后走进房间。屋内光线昏暗,只能看见两个人影,一个坐在安乐椅上,另一个则站在那个人的面前。

"请在那里稍等。"坐在安乐椅上的人说道。他大概就是火田俊介,长发披肩,蓄着胡子,在如此昏暗的环境中依然戴着圆框墨镜,令人难以推断他的年龄。此外,他还穿着一件肥大的黑色工作服,也令人判断不出体形。

他说的"那里",似乎指入口处的那条长凳旁。墙边立着书架,上面摆放着火田出版的作品。编辑们来拿稿时,都是在这里等候的吧,我心里这样想着。火田的座位旁有一扇门,里面大概就是他工作的地方。

"真是的,要我说多少次啊。"依旧是火田低沉而略微刺耳的声音,这句话应该是对站在对面的青年说的。这个青年和青野不同,身材矮小且有些肥胖。他蜷缩身子,背影看起来圆鼓鼓的,应该不仅仅因为沮丧。

"你的这些小说,"火田将手中的一沓纸扔到青年的脚边,应该是书稿,"人物完全没有血肉,描绘的力度远远不够,很做作。这种东西不能称为小说,甚至不能称为故事。只能说是一些文字的罗列,一些没有任何意义的文字的罗列!"

"但是老师您不是说,想写什么就尽管写吗?"胖青年小声反驳。

"我是说，要是你能写出被人称为小说的东西，随便写什么都行。但是，你写的根本就不是小说。登场人物的心理让人无法理解，他们的行动也让人无法理解。通篇非现实的设定，完全感受不到真实性的存在，如何引起读者的共鸣？说实话，这样的小说，读一遍就痛苦不堪，有好几次我都想把它扔掉。"

胖青年沉默了，背微微地颤抖。我身旁的小绿似乎已不忍听下去，低下了头。

"反正这样的东西不能要，你要么重写一遍，要么卷铺盖走人，你自己决定吧。只是，出去之后，请你放弃当作家的念头。你要是还写什么东西，只会玷污我的名声。"

"我重写！"青年喊道。

"是吗？我觉得你还是快点回老家更好。如果你想留下来继续努力，随你的便。只是，若下次还拿这种垃圾作品来让我看，我就让你离开这里！"火田说着，又踢了一脚刚才扔到地上的书稿。

胖青年笨拙地弯下腰，拾起脚边的书稿。从我这个位置都能看见他脸上的肌肉在抽搐，真让人心酸。

"捡完以后，给我整理一下书库。"火田极冷淡地说道，"我下一部作品需要的资料，之前已列了一张便条给你。你根据便条整理好，要在两个小时内完成。"

"两个小时……"胖青年似乎有些惊讶。

"对，不会完成不了吧？老早之前我就跟你说过这事了。听好了，两个小时。两个小时后我就要开始工作了。"

"知道了……"

"对了，青野，"火田又说，"不是说就一个人吗？"

"啊？啊……"青野看了我们一眼，说道，"另外一位是市长的千金，没问题吧……"

"不管是谁，都不能破坏我的原则。采访的时候，对方只能有一个人，否则，全都拒绝。"

看来，我带小绿来令他非常不满。而且，他似乎很自傲，竟然说市长的女儿碍事。

"那我就先告辞了。"小绿有点忍不住了，说道，"反正我也帮不上什么忙。"

令人难堪的沉默笼罩着室内。青野和胖青年似乎不敢多嘴，只是低头沉默。我很想帮小绿，但一想到这会惹恼火田，便没敢作声。

这时，火田却像完全变了一个人，用一种非常温柔的语调向小绿说道："这位小姐，你喜欢书吗？"

忽然听到这样的问话，小绿吃了一惊，马上笑着答道："非常喜欢。不光喜欢读书，即便是看着封面也很欣喜。"

"那你能帮帮他吗？"他说着指了指胖青年，"啊，不是什么大不了的活儿，只是从很多书中找出符合条件的放在一起。"

"愿意效劳。"小绿精神十足地回答。

小说家好像很满意，点了点头，又转向胖青年，说道："让她帮你吧，不要让她搬重东西。"

小绿和胖青年一起走出了房间。

"给天下一先生上茶。"火田说道。

"是。"青野站起来，去位于房间一角的小厨房里烧水了。

"那么，"火田把目光转向我，不，准确地说，是把墨镜转向我，"请问阁下有何贵干？听市长在电话里说，是关于纪念馆的事情。"

"是的，但在此之前我有一个问题。"

"什么？"

"关于水岛雄一郎。"

"啊，"火田仰视着天花板，缓缓摇头道，"我听说了，很震惊。生命真是虚幻啊，真可以说现实比小说更奇幻。对了，听说当时你也在现场。我听市长说，你完美地侦破了这起案件。真是不简单啊。"

"都是运气好。先不说这个……"我直视他，说，"听说水岛先生被杀前一天，你与他见过面，还特意去了他的房间。"

一瞬间，火田脸上闪过一丝不安。这一幕没有逃过我的眼睛。果然，他回答得非常不自然。

"是……吧。我最近事很多，很忙，在哪里跟谁见过面之类的事，真是很快就忘了。"

"可这事没几天啊。"

"我的原则是该忘的就忘，哪管它有几天。"火田似乎稍稍缓解了一下紧张的情绪，接着说道，"我想起来了。的确，我见过水岛先生。因为委员会的事情，我们碰了碰头。"

"可是据市长说，没有什么事需要你们俩单独会面商量。"

火田脸上浮现出笑意。"日野先生自以为是我们的领袖，但我们可不听命于他人，而是自有主张。"

"我想听听你的想法。"

"请原谅，这我不能说。就这么随随便便地发表看法，我可没法在委员会待了。喂，茶还没沏好吗？"他看着厨房里的青野，催促道。

"马上就好。"青野用托盘托着茶杯，来到我面前。薄荷味的茶香在屋中缭绕。

我说声"谢谢"，伸手接过杯子。"'密室杀人'这个词你听说过吗？"我喝了一口薄荷茶，抬头直视火田，问道。

火田重复了一遍，摇了摇头："不知道，完全没有听说过。是什么意思？"

"就是在不可能出入的房间中发生了凶杀。房间里有尸体，却不知道凶手是如何逃脱的。"

"魔术啊。"

"也可以这么说。你真的没有听说过？"

"没有。怎么了？"火田喝了一口茶，沉着脸对青野说，"怎么这么苦？"

青野说了一声"对不起"，拿着托盘，低下了头。

我咳嗽一声，拽回火田的注意力。"水岛先生知道了其中的一个魔术，而凶手正是利用这个魔术杀害了他。我很纳闷，是谁告诉了水岛先生这个魔术。于是，我翻查了他的日程表，结果发现有你的名字。"

"你想说是我告诉他的？对不起，没有这回事。我对魔术可不感兴趣。"

我本想问他跟水岛都谈了些什么，但最终放弃了。问了也是徒劳，他只会兜圈子。我又喝了一口薄荷茶。"你为什么加入纪念馆保存委员会呢？"

"主要是出于好奇，这是我们这种职业的特性，也可以说是本能。纯粹是因为想知道这个小城的起源何在。"

"是否也是为了收集小说的素材？"

"当然，考虑过这一点。"

"会以什么形式写呢？"

"这我可不能随便告诉你，商业机密。"火田摇晃着身体，笑道。

我决定改变提问方向。"你写的小说属于社会派，对吧？"

"大家都这么说。"

"听说也写过凶杀案？"

"必要的时候。"

"你想过写以杀人之谜本身为题材的小说吗？比如，对是谁杀的、怎么杀的这类问题进行推理的小说。我称这类小说为本格推理小说。"

我本以为火田会回答"没有"，可他像是有点不知所措，把视线转向青野，又慌慌张张地往远方看了一眼，问道："你为什么要问这个？"

"因为在这个小城里没有这种小说，到处都没有，怎么想都有些异常，所以想请教作为作家的你是怎样想的。"

不知为什么，火田似乎不知道该如何回答。我读不懂他的心理。就在这时，里屋的电话响了。火田向青野递了一个眼色。青野打开门，进了里屋。

"这个想法很有意思啊。"火田看着我，说道，"你怎么想到的？我反而对你比较感兴趣。"

我当然不能说因为我来自另一个世界，只好沉默。

里屋传来青野的声音。"啊，是白石啊，你现在在哪里？是吗？稍等。"门开了，青野探出头来，"是白石打来的，说有事要问老师。"

火田说了一声"失陪"，便进里屋去了，青野走了出来。

"白石也是这里的弟子吗？"我问道。

"是的。我、白石和刚才的赤木，一共三人，都参加了大学的文学同好会。"看来，那个胖青年姓赤木。

"是我。怎么样，找到了吗？"传来了火田的声音，"找不到？这不可能啊。你再扩大查找范围吧。"

"白石按照老师的吩咐出去找资料了，"青野小声说道，"是为下一部小说准备的。"

"你们为什么来当火田先生的弟子？"

"因为我们都喜欢老师的小说，而且他是当前最受欢迎的作家，能力又强。有他的辅导，比较容易走上作家路……"青野挠着头皮说道，从他的表情中我能感觉到一些迷茫。

正当我低头喝薄荷茶的时候，火田高声喊了起来。"啊，你想干什么!"接着传来像是东西倒地的声音。

"老师!"青野打开门。他没有立即跑进去,而是站在门口,大喊了一声,往后一个趔趄。

我走到青野前面,探身查看。我惊呆了。

眼前的情景惨不忍睹。高耸的书堆歪倒在地,形成一座小山。火田斜躺在书堆上,额头上插着一支箭,血如泉涌。

"老师!"

"别碰。"我制止了青野。

玻璃门大开着,缀着花边的白色帘子随风飘扬。我迅速跑到门边。门外也是回廊,通过它,能够到达二楼的任何一个房间。我看了一眼脚下,一把小型弩弓躺在地上。

由高度来推测,凶手不可能从外回廊上跳下去。虽然如此,我还是往下面的树林中看了一眼。树木很稀疏,如果有人躲在那里,一眼就能看到。但是,树林里没有一个人影。

凶手是直接沿外回廊逃跑的。

我穿过玻璃门,来到外回廊。青野似乎明白了我的目的,在我身后说:"我也去。"

"你从右边追,我从左边。"我说着便向左边跑去。

我一边沿着外回廊跑,一边检查每一个房间的窗户和玻璃门。房间全锁着。火田的夫人和女儿都去旅游了,出发前应该已锁好了门窗。

绕着回廊跑了半圈之后,我遇见了青野。

"天下一先生,那边有人吗?"

"没有。"我没有回问他,只是沿着他跑过的路线又查看了一番。依然没有任何人的影子,所有的门窗都锁着。我们最终回到原点——火田被杀的那个房间。我穿过房间,来到内回廊上。

"怎么了?"一个声音从下面传来。赤木出现在一楼的内回廊上。

"你什么时候站在那里的?"我问。

"就是刚才。听着上面很吵,出来看看怎么回事……"

"看到有人从这里经过吗?"

"没有。"赤木摇摇头。

这时,小绿从后面的书库中走了出来。"出什么事了吗?"

我没有回答,又沿着内回廊检查每一扇房门。

假设面朝外回廊的窗户中有一扇没上锁,凶手从那里逃进室内,返身锁好窗户,穿过房间逃到内回廊……那他是没有法锁上门的。但是,面朝内回廊的所有房门都锁着。

"凶手消失了……"我挠着乱蓬蓬的头发,说道。

3

问明情况之后,大河原警部长叹一口气,盯着我说道:"这到底是怎么回事?短短几天,就发生了两起命案,而且死者都是你造访的对象。怎么这么巧呢?"

"你若这么说,就让我为难了。我也觉得很没劲、很麻烦呢。"

"真的吗?"警部话中有话,仍目光炯炯地盯着我。

"不然还能是什么?"

"我不清楚,但我总觉得正是因为你,才发生了命案。"

我不由得向后一个趔趄。"胡说!"

"这种想法的确很愚蠢。但是,上次的案子我也有这种感觉……"警部摸了摸下巴,接着说,"我总觉得,这个小城里的人好像生来就要充当某种角色。"

"我可是个外来人。"我不再理会警部的话,指着现场的入口,问道,"我们可以进去了吗?"

"可以。"

有人正收拾现场。那支箭仍旧插在火田俊介的额头上。

"请稍等。"我制止了正要搬尸体的工作人员，把手伸向火田被胡须遮掩的唇边。他脸上纵横的鲜血已开始凝固。

"喂，别乱碰尸体！"

"就碰一下而已。"我轻轻抓起附着在火田唇边的东西，是白色的细丝。

"那是什么？"警部看着我的手，说道。

"不知道，请调查一下。"我把它放到警部手中。

看到警部转交给部下后，我走到玻璃门旁边。小型弩弓已被警察收起。石墙外是一片树林，大批侦查员正在那里搜索，不时还传来喊叫声。

"你认为凶手逃到树林中去了？"我问警部。

"那当然了。你们这些家伙，在外回廊里追了一大圈，都没有找到凶手，从时间上来看，唯一的可能就是凶手用弩弓射杀火田先生之后，从外回廊跳下去逃跑了，难道不是吗？"

"但是……"我俯身看着下面的树林，说道，"虽然只是二层建筑，但也有一定高度。若从回廊上跳下去，轻则扭伤，重则骨折。要是那样，凶手怎么可能逃脱呢？何况还会闹出很大的动静。"

"大概是个幸运的家伙吧。"

"我不是这个意思。我是说，凶手难道不担心摔伤后会走不动吗？"

"也可能是一个没脑子的家伙。"

"即便他跳下去没什么事，我们也应该能从窗户里看到他逃走的背影。"

"大概跑得比较快吧。"

正当我因警部的推理而哑口无言的时候，他的一个部下走了进来。"警部，青野说了一些很有意思的话。"

"哦？把他带过来。"

刑警出去了，不久，脸色苍白的青野走了进来。

"什么事？"警部问道。

青野原本瘦削的肩膀显得更单薄了。他战战兢兢地抬起眼皮看看警部，又看看我，终于面向警部开口了。"那位刑警问我有没有什么线索，比如有没有人对老师怀恨在心……"

"你有线索吗？"

"也算不上什么线索。"青野又偷偷地看了我一眼，说道，"实际上，最近赤木那家伙在喝醉的时候曾说过要杀掉老师……"

"杀掉老师……真的吗？"警部瞪大了眼睛，问道，"你说的赤木，是那个胖胖的弟子吗？"

青野垂下细细的脖子，点了点头。"他的小说被老师贬得一文不值，老师还让他赶快回乡下去。赤木好像对这件事怀恨在心。而且，今天早晨，他的新作又被骂了……"

"既然那么恨老师，不做他的弟子不就行了？"警部想当然地说。

"要是能那样，就没什么烦恼了。赤木曾经想发表处女作，但是老师在背地里做了手脚，阻止了这件事。赤木总是说，早知道这样，还不如不来当弟子。在当读者的时候，他那么崇拜和尊敬老师。"

"哦，这么说，他的忍耐到了极限？"

"还有，"青野继续说道，"我觉得弩弓是放在一层资料室里的那把。事发之前赤木一直都在书库整理书籍，书库和资料室挨着……"

"好了，"警部拍拍手，向部下发出指令，"彻查赤木。"

目送警部出去后，我对表情僵硬的青野说："我还以为你们是朋友呢，这么告发朋友，你心里平静吗？"

"我们不是朋友，"青野说道，"是竞争对手。"

"赤木不是一直都和小绿在一起吗？"

"谁知道呢。要是他真想那么干，应该能逃过她的眼睛吧，书库很大。"

我呼了口气，顺便扫了一眼现场。地上依然散落着大量书籍，但我感觉有些不对劲。与我最初走进房间看到尸体时相比，情况有些不同。

"书架上的书……原本就这么少吗？"

"什么？"青野问道。

"书架——火田先生倒地处再往后一点的那个书架，似乎我第一次来现场时上面的书要比现在多一些。"

"哦？"青野似乎没有任何兴趣，只是看了看书架，含含糊糊地说，"是吗？"

我出了房间,在内回廊上走着。

假使凶手有某个房间的钥匙,他藏在那个房间里,通过面向外回廊的玻璃门出去,来到火田的工作间杀掉他,并不困难。事毕,原路返回屋内,从内侧锁上门窗,穿过房间,来到内回廊,返身锁门,如此一来,就不用担心会被我们发现了。但是,只要来到内回廊,就能逃脱吗?

赤木和小绿都在一层书库里。赤木说听到吵闹声后,马上走了出来。如果凶手出现在内回廊,他应该能够看见。

而且,便门也紧锁着,从内侧开门也需要钥匙。这么说来,凶手应该有那把钥匙。

我这样思考着,不觉走到了一楼。警部和刑警们不知因为什么事,看起来很忙碌。

"我一直都在这里,真的,请相信我!"书库方向传来一个声音。

我探头一看,是赤木,他圆乎乎的脸涨得通红,慌张地摆着手,坚持道:"我在整理书,一直都在整理书,一步都没迈出去。"

"真的吗,小姐?"警部问小绿。

她用力点了点头。"是真的,赤木先生一直都和我在一起。"

警部沉闷地"嗯"了一声,一脸阴沉地瞪着部下,大概是觉得被青野的话蛊惑,下不了台吧。

电话铃响了。一个刑警拿起听筒,三两句话后,喊道:"警部,是火田夫人打来的。"

脸色越发阴沉的警部走近电话。无论是谁，都不愿意跟被害人的亲人说话。

"没事吧？"我问小绿。

小绿脸色苍白，微微点了点头。

"那我们就先回去吧，市长该担心了。"

我这样说着，正想拍拍她的肩膀，她忽然抬起头来看着我，说道："天下一先生，这是诅咒。"

"啊？"

"是诅咒。原本封存在纪念馆中的东西被解封之后，大家都开始受到诅咒。必须得……得想想办法。"

"小绿……"

"得想想办法，得想想办法……"小绿重复了两遍之后，闭上眼，像玩偶一样瘫软下来。看见她马上就要倒地，我慌忙上前扶住。

4

头顶没有一根头发、双鬓和脑后一片雪白的医生看着手表给小绿测过脉搏后，摘下了老花镜。

"只是一时晕了过去，没什么可担心的。让她睡两三个小时吧。"

"辛苦了。"市长低头道谢。

这里是医院的病房。大约三十分钟前，我把忽然晕倒的小绿送到了这里，随后通知了市长。

医生离去后，市长向我鞠躬说道："真是给你添麻烦了。"

"这没什么。短短几天时间就碰上了两起命案，小绿受到惊吓也很自然。"

"真是让人吃惊啊。"市长摇了摇头，说道，"今天早晨我们还在谈论水岛，现在火田又……简直不敢相信。"

"听小绿说，都是因为诅咒。"我看着睡着的小绿，说道。

"真是个孩子。"市长苦笑着,正要把手伸进西装内袋,又停住了,好像是想取烟。

"我们去休息区吧。"我说道。

让市长沮丧的是,休息区也禁烟,我们只好买了两杯速溶咖啡。这里的桌子排列得很整齐,我们找了一张,坐在旁边。

"这次的案件属于什么范畴?还是密室吗?"市长完全一副看热闹的样子。

"就凶手如何从皮拉图斯之家逃脱这一点来说,也并非不能说是密室,但实际上那个空间是开放的,和'密室'这个词不符。"

"那是什么呢?"

"这个嘛……"我想了想,说道,"应该算是凶手消失事件。"

"凶手消失?"市长出声重复了一遍,又嘟囔了几遍,微笑着点了点头,颇为感慨地说道,"不错,在环绕建筑物的回廊上,凶手忽然无影无踪,真称得上消失呢。"

我苦笑着喝了一口咖啡,心想名称其实无关紧要,转念一想又觉得这个名称很不错。

"那么,你的推理呢?"市长身体微微前倾。

"还没有头绪,但是,我不赞成大河原警部所谓凶手从外回廊跳下去的结论。"

"我有同感。就算使用绳索也会留下痕迹,你们不可能看不到。"

"如果不是从外回廊跳下去的,逃跑路线就只有一条——使用某种方法进入内回廊,避开赤木的视线,走到一楼,由大门出去。我认为翻越那么高的墙是很困难的。"

"这么说，凶手应该还是从某个房间穿过去逃走的吧？"

"但是，那好像又不可能。"

"你的意思是……"

"在小绿晕倒之前，正在国外旅行的火田夫人打来了电话。据接电话的警部说，她肯定二楼房间的钥匙在自己手中，别人绝不会有，她说自己不会如此不小心。"

"她或许是很小心，但也有可能凶手早就伺机配了一把。"

"如此说来，凶手是来自内部了。若非如此，是不会有偷配钥匙的机会的。"我说。

市长惊讶得张大了嘴巴，随即又笑了起来。"弟子们都有不在场证明吧？"

"火田先生被杀时，青野和我在一起，赤木应该是和小绿在一起。"

"听说还有一个弟子？"

"姓白石的，我还没有见过。"

"他也有不在场证明吗？"

"火田先生被杀的时候在接电话，打来电话的正是白石。"

"这么说，也有不在场证明了。"市长喝完杯中的咖啡，叹了一口气，说道，"或许有人会说我没有责任心或失于检点，但是从个人角度来讲，我对你如何解开这个谜非常感兴趣。"

"这个……谁知道能不能解开呢。"

"肯定能，你肯定会解开凶手设计的消失之谜的。"

"我试试看。"我喝光咖啡,用右手捏瘪了纸杯。

"对了,换个话题,你知道火田去见水岛的原因了吗?"

"没有,他始终没告诉我。"我向市长详细报告了和火田俊介交涉的过程。

"这样啊。"市长一脸无奈,靠在椅背上,"他们和盗掘一事有关吗?"

"有可能。两人的谈话内容或许正与此有关。"

"嗯。"市长又将手伸向西装口袋,中途缩了回来。看来,他的烟瘾又犯了。

"我回皮拉图斯之家看看。"我说着站起身来。

5

等我回到皮拉图斯之家,门前已经聚集了很多围观者。我向守门警察解释了我和这起命案的关系,他让我进去了。

以大河原警部为首的警察仍留在火田俊介的房间。我进去的时候,警部刚与一个年轻人谈完话。

年轻人中等身材,穿一件白色衬衫,皮肤光滑,光头,让人想起剥了皮的熟鸡蛋。他向警部鞠了一躬,略低着头走出了房间,甚至没看我一眼。在擦肩而过的时候,我闻到他身上散发着香皂的气味。

"市长的女儿怎么样了?"警部见到我,问道。他坐在几个小时前火田俊介坐过的那把安乐椅上,大模大样地仰靠在椅背上。不知他是大大咧咧,还是太过愚钝。

"现在还在休息。医生说只是一时昏厥。"

"是吗?没什么大事就太好了。"

"对了，刚才那位是第三个弟子白石吗？"我问警部。

"对，刚回来，我找他问了一些情况。他说事发时正在旧书店街上的电话亭里给火田打电话，电话忽然断了，再拨过来就没有人接听了，所以他急急忙忙赶回来了。"

"旧书店街离这里有多远？"

"若是开车，快一点大概需要十分钟吧。但他说是骑自行车回来的，这样大概要用一个小时左右。"

"这个很难取证。"

"是这样的。但是，一边和被害人打电话，一边用弩弓射杀对方，也是不可能的。"

我已经知道，在这个世界中不存在手机。

这时，里屋——也就是作为案发现场的火田俊介的工作间似有动静，还夹杂着说话声。

"还在调查现场吗？"我问道。

警部摇摇头。"是出版社的人。说是要找东西，我让人陪着他。"

"找东西？"

"听说在找小说书稿。"

"书稿……"

我打开门，一个衬衫袖子被挽起的矮胖男子正在翻书桌的抽屉。旁边的刑警表情严肃。

"应该有书稿吗？"我看着男子的背影，问道。

男子转动着又粗又短的脖子，扭过头来："你是……"

"我是天下一,是个侦探。"

"侦探天下一……"他像是在确认似的又重复了一遍,然后微微歪了歪脑袋,"天下一?天下一……哎呀呀。"

"怎么了?"

"请等一下。"他从放在旁边椅子上的上衣口袋中拿出笔记本,展开夹在里面的一张纸,低头看了一眼,"啊"的一声转过身来。

"有什么不对吗?那张纸是什么?"

"失礼了,这是我的名片。我是火田先生的责任编辑。"名片上印着一家我没听说过的出版社的名字,还有他的名字宇户川某某。

"听说你在找书稿?"我看着方方正正的名片和宇户川圆乎乎的脸,问道。

"是的。这里应该有,我必须找到。"

作家都被杀了,这个编辑却还想着书稿。他的职业精神令我目瞪口呆。原来世界不同,编辑的本质却是一样的。

"你向他约稿了吗?你怎么知道他有没有写呢?"根据我在原来世界的经验,即便今天是截稿日,作家也不一定能写完。

宇户川却非常自信地说:"不,一定多少会有些书稿的。"

"为什么?"

"昨天我接到他的电话,似乎已经写了不少,说让我两三天后来取稿。"

"书稿没完成也没关系吗?"

"当然。"他露出编辑特有的神情,说道,"火田先生去世,下个月肯定要出追悼纪念的特刊。所以,必须要有先生的作品,即便未完成也没有关系——不,应该说未完成的作品更有感染力。我们甚至想,如果找到的是已经完成的书稿,我们也会将其作为未完成的书稿,只发表其中的三分之二,过段时间再发表剩下的三分之一,就声称找到了珍贵的遗稿。"

"啊哈……"我不知道该如何评论,佩服地望着他。真是了不起!

"事情就是这样。"宇户川四下张望着,"我今天无论如何也要带回先生的书稿,但现在怎么也找不到。"

"大概有多少页?"

"应该在一百页以上,标题是'斜面馆杀人事件'。"

"杀人事件?"这个词在这个世界中可是很新鲜。

宇户川拿起那张纸晃了晃,说道:"这是火田先生先前发来的梗概:故事的舞台是一栋建于山中斜坡上的西式别墅。一天晚上,主人举办宴会,邀请老朋友和当地名士齐聚一堂。宴会散场后,多数客人都回去了,只有关系较好的几个朋友继续喝酒。但是,别墅与城市之间的交通遭到破坏,讯号也中断了,斜坡上的别墅完全陷入了孤立状态。不巧的是,外面又下起了大雪。就在这种状况下,有一位客人不见了。大家四下寻找,最后找到的是这位客人的尸体,他在斜坡的高处被人杀害了。别墅中有登山缆车,但乘坐缆车一个来回需几十分钟,而其他客人都没有长时间离开过,所以都有不在场证明。凶手到底是谁？他又是如何行凶的——"编辑一口气读到这里，抬头看着我，似乎想看看我的反应。

这是本格推理小说，我心想。在这个图书馆没有一本这样的书、本格推理的概念缺失的世界，火田俊介居然在创作这样的小说？作为社会派推理小说家的他，怎么会这么做？

"还有呢，小说里负责解谜的人物，即小说的主人公，名字是这样的。"宇户川边说边指着梗概中的一处给我看。

偶然参加了这场宴会的侦探天上一，将要挑战这个谜。

啊？我不由得揉揉眼睛，又仔细看了一遍。"天上一？"

"对啊。你是天下一吧？这绝不仅仅是巧合，火田先生很可能是从你身上得到的启发。你和火田先生很早以前就认识吗？"

"不，我们是初次见面，今天早晨才约好的。"

"哦？这么说，他可能是在什么地方见过你的名字。"宇户川歪了歪脑袋。

"或许吧。"我忽然想起来了——是新闻报道。市长是从报纸上知道关于我的事情的。好像是有这样一则报道：

头脑清晰的侦探天下一，成功侦破壁神家杀人事件……

或许火田也读过那则报道。在他着手写本格推理小说的时候,借用了我的名字,稍加修改后赋予了主人公。

然而,当我说起这件事的时候,宇户川却显得十分惊讶。"壁神家杀人事件……有这样的报道吗?我读报纸向来很仔细,但在我的记忆中,好像没有这样的报道。"

"我可是亲眼所见啊。"

"是吗?那想必是我没注意吧。"宇户川仍旧一副不太甘心的样子。

"不说这个了。"我说道,"火田先生是从什么时候开始写这类小说的呢?就是那类解开凶杀案中的神秘谜团的小说。"

"这是第一次。这种类型的小说,之前不是从来没有过吗?你也从没读过这样的小说吧?"宇户川提高了嗓门,像是在跟我说:你这个问题愚蠢至极。

"那么,火田先生将成为这类小说的先驱?"

"是这样的。"看来,我这句话正符合宇户川的心意,他用力点了点头,"这部小说发表之后,肯定会成为街头巷尾的热点话题,毕竟它象征着一种全新的小说类型诞生。火田先生一定会在文学界流芳百世。"说到这里,宇户川忽然沮丧起来,"唉,好端端的,先生竟然被人杀害了,这算什么事啊。真是一个巨大的损失,凶手太可恶了。"他回头看了一眼书桌,叹了一口气,"现在不是悲叹的时候,找不到先生的书稿,就无法向大家公布先生生前做了一件多么重大而具有划时代意义的事情。天下一先生,你好像是这本小说主人公的原型。关于书稿的事情,火田先生跟你说起过什么吗?"

"完全没有。"

"这样啊。"宇户川看看手表,像是觉得自己浪费了时间,摇了摇头,开始继续寻找。

我走出火田俊介的房间,来到一楼。公用厨房旁边是三个弟子的房间,每扇门上都挂着写有各人姓氏的牌子。我敲了写有"赤木"的门。

"等一下。"一个低沉的声音说道。

我从门缝里看到赤木战战兢兢的,就说我只是有些事情想问他。

"请进。"他显得很不情愿,但还是让我进了房间。

弟子的房间的确很小,只有六叠大小,一张床、一张桌子、一些日用品就把整个房间塞得满满的了。他让我坐在桌前的椅子上,自己则坐到床上。

"听说你被警察盘问了。"

"嗯……"

"现在他们不怀疑你了吧?"

"幸亏当时和小绿小姐在一起。"赤木挠了挠头皮。

"真是一场灾难啊。"

"我理解警察的心情,毕竟我确实憎恨老师。"

听到看起来十分懦弱的赤木咬牙切齿地说出"憎恨"这个词时,我不由得抬头看了他一眼。

"我的作品总是被他贬得一文不值。"我想起火田骂赤木时的情景。"总是那样,老师总是那样说——人物形象刻画得不够,这种东西不是小说，赶紧回乡下去吧——我都不知道被他这样说过多少次了。"

"挨批的只有你的作品吗？"

"不知道。我不清楚老师如何评价他俩的作品。"

"那……火田先生为什么会如此贬低你的作品呢？是因为你真的写得不好吗？"

赤木耸了耸圆圆的肩膀，说道："我自己的话没有说服力，但我觉得不是那样。"

"那是因为什么呢？"

"可能是因为……"赤木犹豫了一下，接着说道，"嫉妒。"

"嫉妒……嫉妒什么？"

"就是……"他摊开两手，说道，"我年轻，而且有才能。"

"啊……"我原本以为他是在开玩笑，但看样子，他是认真的。我实在无法理解，他说这种话的时候，竟然一点都不难为情。

"你可能觉得我骄傲自大吧？"赤木像是看穿了我的想法。

"也不是，怎么说呢，是自信吧。"

"我想在小说界发起一场革命。"他握紧右拳，"在一个完全由作者创造、彻底虚构的世界中，发生不可思议的事件，然后有一个解谜的主人公登场——我想确立这样一种小说类型。"

我凝视着他略显稚气的脸庞，原来这个青年也想写本格推理小说。"火田先生好像已经在写这种小说了，标题是'斜面馆杀人事件'，你没听说吗？"

"我没听说，但是我觉得老师不可能写出那种小说。"赤木斩钉截铁地回答。

走出赤木的房间，我来到青野的房间。

"我觉得老师的才能已经枯竭了。"在我转述了宇户川跟我说的话后，青野冷冷地说道。

"真是不留情面啊。"

"他作为社会派作家风靡一时的确是事实，我们也正是抱着对他的崇拜投到他门下的。但是老师最近写的东西真是不成样子，没有任何进取心和挑战性。不管写什么，都是老故事的翻版，都是对先前作品的模仿。我完全无法相信他能写出你刚才所说的那种作品。"

"但是，据说他写了这样的作品，还留下了一个梗概。"

"如果那是真的……"青野先是有些犹豫，但很快就接着说道，"只怕是剽窃他人的作品。"

"哦？谁的作品？"

"这个我可不知道。"

"就是说，不是你的作品？"

"嗯，不是。"

"你对那种小说没有兴趣，是吗？"

青野盯着我，沉默了一会儿，从桌上的一沓稿纸中拿起最上面的一张递给我。

上面写着小说的标题——"卍家杀人事件"。

"往后将是这类小说的时代，我想用这部小说在小说界掀起一场革命。"他那瘦削的身体一瞬间微微颤抖着，像是即将上阵的战士。

白石的房间没有床，睡觉时就在榻榻米上铺床被子，所以房间里还放得下一张矮脚饭桌，我们就隔着这张饭桌相对而坐。我盘着腿，他则跪坐着。对于留着和尚头的他，这种坐法比较合适。他大概很爱干净，房间一角摆着一个毛巾架，上面晾着三条毛巾。

"我觉得不是老师堕落了，"他像修行的僧人一样挺直腰板说道，"说时代变了或许更为合适，也可以说他的作品不再符合读者的口味了。"

"你是说现在已经不是社会派推理小说的时代了？"

"不，是表现方法的问题。即便使用同样的材料，烹饪方法不同，味道也会不同。"

我对他干脆利落的说话方式产生了好感。火田俊介最喜欢的弟子大概也是这个青年。

"对于火田先生写的这部小说，你怎么看呢？和他之前写的似乎完全不同。"

"对于没有阅读过的作品，我无法评论。"白石说得很对，实际上就是这样。"仅仅通过一个梗概，无法判断老师的真正用意。反过来说，在写作品梗概的阶段，无论是谁都想挑战具有划时代意义的作品，但问题在于最终能否完成。"

"我同意你的观点。很遗憾，目前好像还没有找到书稿。"

"所以啊，老师会不会根本就写不出这类作品？"白石冷静地说。

我想破坏他的这种姿态。"要是你会怎样？你能写成这种类型的小说吗？"

白石没有表现出丝毫狼狈。他一言不发地站起身，从一张矮桌上拿起一本笔记。"请看。"他说道。

我打开那本笔记，上面的文字密密麻麻，像是小说。作品的名字叫"密室"。

"你从哪里知道'密室'这个词的？"

白石挺着胸脯回答："自己想出来的。"

和三个弟子见了面之后，我来到外面。警察已经少了很多。我四下环视，想知道大河原警部是否还在。幸运的是，我们可亲可爱的警部正站在门口向一个部下下指示。

"警部，"我喊道，"你要回去了吗？"

"不是要回家，"他似乎很不悦，说道，"是回搜查本部。"

"找到什么线索了吗？"

"嗯，很多啊。但是，我不会告诉你。我可不能老输给你这种外行侦探。"警部带着敌意说。

"还是坚持凶手逃到树林中去的说法吗？"

"这个……"警部转过头去，吸了吸鼻子。真是一个不会说谎的人。

"凶手……"我看着他的侧脸，说道，"在内部。"

"什么？"警部变得严肃起来，接着一脸怀疑，"你在开玩笑吧，可别瞎说！"

"我开这样的玩笑有什么意义呢？"

"如果说凶手在内部,有嫌疑的就只有你、市长的女儿和三个弟子,火田先生的家人都去国外旅行了。"

"有这么几个嫌疑人还不够吗?"

"但是,所有人都有不在场证明。曾有一瞬间,我觉得赤木很可疑,但他好像一直都和市长的女儿在一起。"

"不能单独看某一个人。要解开本案之谜,必须统观全局。"

"全局……"警部抱着胳膊,一脸茫然地小声说道,"我不太明白你的意思。"

"不管怎么说,这件案子我已基本解决了。警部,有件事要拜托你。"

"什么事?"

"我想请你配合我做一个实验。还有,请让所有相关人员都去火田先生的房间集合。"

"实验……你想干什么?"

"你看后就知道了,敬请期待。"我向警部眨了眨眼。

6

按照惯例,所有相关人员聚集在案发现场,作为侦探的我负责为大家解谜——就是这么一种惯例。我逐渐喜欢上这种在推理小说中担任要角的感觉了,好像还有点上瘾。

"各位——"我环视四周,一种快感贯穿全身。我想,波洛①在解谜时大概也是这种心情吧。

在场的有三个弟子、编辑宇户川、稍微恢复精神的小绿以及陪她前来的市长,还有以大河原警部为首的警察。

我慢慢地做了一个深呼吸,说道:"本案中,最难解的就是凶手是如何逃脱的。大河原警部好像坚持认为凶手从外回廊跳入树林逃跑了,我只能说,这种想法不现实。"

警部不高兴地撇撇嘴,把头扭到了一边。

---

① 英国侦探小说家阿加莎·克里斯蒂笔下的名侦探。

"那么，凶手是从回廊逃走的吗？若是那样，我或者青野应该能够看到。只是，在这里，有一点我们必须考虑——"为了加强戏剧性，我停顿了一下，发现已经充分吸引了观众的注意力后，继续说道："我们必须要考虑的是，完全没有理由断定凶手是单独作案，极有可能存在共犯，而凶手在共犯的帮助下逃跑了。"

"请等一下。"不出所料，青野往前走了一步，喊道，"照你的意思，是我放走了凶手？"身材修长的青野声音也很尖细，听起来十分激动，泄露出他的不安。

"我只是说，没有理由不考虑这种可能性。"

"别开玩笑了。那你说我是如何放走凶手的？你是指我在回廊里看见了凶手，却没有说吗？"青野歇斯底里地喊道，"请你好好回想一下，说让我往右你往左的人是你自己。如果你当时发出了相反的指示，发现凶手的就应该是你了。凶手的计划会如此不周密吗？"

"哪里哪里，"我摇头道，"凶手的计划怎么会不周密？经过深思熟虑，它甚至称得上天衣无缝了。当然，凶手不是从回廊上逃走的。"

"喂喂，等一下。"警部插口道，"不是从回廊上跳下去的，也不是从回廊上逃走的，那是从哪里呢？哪里还有可以逃脱的地方？"

"警部，这正是本案的真相：凶手根本就没有逃走。"

"啊——"现场一片惊呼。

"什么?"警部问道。

"在此之前,我们先按惯例做一个实验。警部,你准备好了吗?"

"嗯,准备好了。"警部向部下递了个眼色,部下拿着弩弓和箭走到我面前。我把它们接了过来。

"这就是凶手作案时使用的弩弓和箭。现在,我来试试看。"我说着把箭搭在弓上。

"喂,那很危险啊。"警部摆出一副害怕的样子,说道。

"请大家稍稍后退。"我退到玻璃门前,面对人群,举起弩弓。

"啊——"人群分散两侧。

墙上挂着画家罗特列克设计的海报,我对准海报稍微偏下的位置,扣动扳机。一股强烈的冲击力贯穿臂腕,跟着,我听到了当的一声。箭射在画像的正中央。这是我第一次射箭,还算差强人意。

我走近插在画像上的箭,发现实验结果正与我想的吻合。"正如我所料。"

"什么?"警部问,"什么正如你所料?"

我环视众人。"我刚才是在玻璃门前射的箭。按照原来的想法,凶手是在玻璃门外面射的。由于火田先生离墙壁还有一些距离,所以我们有理由断定,我刚才射箭的距离,和凶手射箭的距离,几乎是一样的。"

有几个人在点头。

"现在,请大家看这支箭,"我指着插在画像上的箭,"准确地说,请看箭尾。这里的凹槽,是为搭弓而设计的。搭弓的时候,箭尾的凹槽与地面是平行的,然而现在大家看到的却是垂直的。为什么会这样?因为箭会在空中旋转。安装箭羽时,通常会有一定的角度,目的在于使箭在空中旋转,提高命中率。不论是箭还是子弹,在空中旋转都能够提高命中率,这一点众所周知。可在这里,我有必要让大家看一张会让人不太舒服的照片。"我看了一眼警部,问道:"请问那张照片拿来了吗?"

"在这里。"警部说着递给我一张照片。

我确认了照片上的内容后,拿起来展示给众人。"大家请看——"

众人的脑袋都伸向那张照片。照片上是插在火田俊介额头上的箭,箭尾的凹槽拍得十分清晰。

"这个凹槽与地面是平行的。"一个刑警说出了我期待的答案。

"正是。"我向他点了点头,"从正面看,插在火田先生额头上的那支箭的箭尾凹槽平行于地面。这很奇怪,按照我们刚才实验的结果,如果凶手真是从玻璃门外射箭,箭尾凹槽应该与地面垂直才对。"

"你是指火田先生当时正歪着头打电话吗?"警部的话差点令我晕倒。

"不,不是的。"我把弩弓的前端转向警部,"因为发射距离为最近距离,箭没有旋转的时间。这才是最合理的解释。"

"最近距离?"

"依据我的推测，发射距离应该接近零。说实话，初见尸体时，我就有这个疑问了。要射中一个运动中的人，绝对不会轻易成功。而且，将弩弓作为凶器，一旦第一发失手，就很难重来了。"

"但是……"市长在一边发言了，"距离那么近，不就意味着凶手原本就在屋里吗？这样一来，逃跑不就更困难了吗？"

"所以，市长，我刚才不是说了吗？凶手根本就没有逃走，至少在火田先生被杀之后，没有立即逃走。"

市长还是不理解，歪了歪脑袋。其他人似乎也都很困惑。在这种时候吊大家的胃口，也是侦探的乐趣之一吧。

"凶手当时就在身边，我那时竟没有发现，真是太大意了。"

"他在哪儿呢？"警部问。

我再次环视在场的所有人，说道："在书堆中。"

"啊？"

"是在书堆中。"我指着那个像座小山的书堆，说道，"凶手就藏在里面。而且，在我走上外回廊前，他一直屏住呼吸藏在里面。"

"真无聊。"说话的是留着和尚头的白石，"自称侦探，却也没什么了不起的地方。没有一点说服力的推理，你还真敢说出口。按你所说，老师岂不是眼睁睁地看着凶手拿着弩弓来到自己面前吗？而且，在你听到老师的声音、慌忙跑进来的那几秒钟里，凶手不仅成功地藏进了书堆，还把弩弓扔到了外回廊上，这可能吗？我倒想问一下警部的意见。"白石转向警部，加重了语气。

警部有点畏怯，说道："他说得很对啊，天下一先生。"

"虽然弩弓就在眼前，但是火田先生既无法呼喊，也无法逃走，因为他被捆绑起来了。不仅被绑住了手脚，还被堵上了嘴。"

"真是胡说八道，凶手怎么可能有时间做这些！老师被杀之前，不是一直都在跟你说话吗？"白石怒道。

我没有立即回答，只是不慌不忙地把弩弓和照片还给刑警，看着白石笑了一下。这个微笑对他来说应该很恐怖吧。

"马上就到关键所在了，"我说道，"问题正在这里。解开这类谜题的必要条件就是，不管事情多么明了，都要大胆怀疑。因为，越是理所当然的事情，越有可能是错觉的产物。"

"你有什么错觉吗？"市长问道。

"是的，有。"我说着走近白石，他目不转睛地看着我。我迎着他挑衅的目光，说道："我们不能保证，跟我见面并交谈的火田俊介，就是真正的火田俊介。"

一瞬间，全场鸦雀无声。或许有人需要时间来理解这句话的含义，或许有人明白了我的意思，却吃惊得说不出话来。

"什么……"最先开口的是警部，"不是真正的火田俊介，那是谁？"

"伪装的火田先生与赤木、青野都说过话，剩下的就只有一个人了。"

"你是说我吗？真是不可理喻。"白石耸了耸肩，双手一摊。

"你的体形和火田先生相近，如果戴上假发、胡子，再添一副墨镜，伪装成他易如反掌。此外，我跟火田先生从没有见过面，我甚至连他的照片都没有见过，要想骗过我何其简单。何况，被杀后的火田先生面部被鲜血覆盖，我很难注意到他和之前与我交谈的是否是同一人。凶手之所以选择射击额头，或许正出于这个目的。"

"等等，可是……当时白石不是在和火田先生通电话吗？"

"表面上是那样，但是，我们怎么知道那个电话是不是白石打来的呢？那不过是青野所说罢了。"

"是白石打来的，绝对没错！"青野又扯着嗓子辩解。

"电话不是白石打来的，又会是谁呢？"市长问道。

"那只有一个人了——他。"我指着赤木说道，"书库有电话吧，警部不是还在那里接过火田夫人的电话吗？你使用的正是那部电话。只要拨号，不用说话，想不让小绿发现很容易。"

"啊，说起来，"小绿开口了，"在整理书的时候，赤木先生是到里面去过。很快，我便听到了楼上的吵闹声。"

"不是，我……我……"赤木摇着头，脸颊上的肉在晃动，"我没有打电话。"

"等……等一下，"警部向前迈了一步，伸出两手制止了大家的发言，"这是怎么回事？我怎么听不明白？天下一先生，请你从头到尾说清楚啊。"

"好的。请你们三个也好好听一下我的推理。"我对三个弟子说完，看着大家，做了一个深呼吸。这时，我看见市长取出烟来。

"这场谋杀是他们三个人联手设计的,这样做的目的就是,让三个人的不在场证明都能够成立。"

"瞎扯!"白石撇着嘴说。

我没有理会他,继续说道:"为了达到目的,前来拜访火田先生的我和小绿被利用了。我们今早才确定要来,所以他们的计划不可能是在如此短的时间内匆忙制订的,一定是很早以前就开始酝酿了。至于是谁的主意,目前还不太清楚。"

赤木低下了头。可能是这个胖青年的主意。

"他们做的第一件事是把火田先生捆绑起来。我已说过,将手脚捆绑起来,用毛巾堵住嘴,把他带到工作间。另一方面,白石开始乔装打扮,戴上早就准备好的假发和胡子,穿上与火田先生同样的工作服,准备好弩弓,只待为他们做不在场证明的人到来就好了。我和小绿如约到了。或许,他们把我俩当成了傻子。青野看到我就问'跟你同来的只有这一位吗',这是别有深意的,听了我接下来的说明大家就会明白。如果来了三个人,他们的计划就很难实施。"

这时,我偷偷地观察着三个弟子的反应。青野脸色铁青,赤木满脸通红,白石则把苍白的脸扭向了一边。

"我们进去的时候,化装成火田先生的白石正在骂赤木。这里有一层用意:事发之后,让警察把注意力集中在赤木身上。在他们看来,只有一个人遭到怀疑,就不用担心真相被识破。另外,事发之后,青野提供了一些线索,使赤木成为嫌疑人,也是有目的的:让旁人产生误解,认为他们的关系不好,从而使自己远离共犯的嫌疑。然后，化装成火田先生的白石命令赤木去书库整理书，让小绿同去，这当然也在计划之内。这里有两个目的：一是让小绿成为赤木不在场证明的证人；二是发现尸体时，有两个外人会比较麻烦。"

"为什么？"

"过一会儿我再为大家说明。就这样，舞台和人物都设置好后，该行凶作案了。契机当然就是那通电话。"我指着赤木，说道，"赤木从书库往工作间打电话，听到铃声后接电话则是青野的任务。青野谎称是白石打来的，然后返回外屋。化装成火田先生的白石走进工作间，动手杀人。"

我的食指从赤木转向青野，最后转向白石。"白石将弩弓对准动弹不得的火田先生的额头，很轻易地杀掉了他。接下来，他把弩弓扔到外回廊上，为火田先生松绑，并取出堵在他嘴里的毛巾。拿走这些物证后，白石藏进了书堆。当然，做这些时，他还在一个人演戏，做出火田先生在和他通话的假象。他的最后一句台词，就是在书堆倒塌时发出来的——'啊，你想干什么！'"

"一派胡言……"白石小声说道。但显而易见，那么沉稳的他也开始慌张了。

"听到声音之后，我和青野来到这个房间。当时我没有发现死者和之前跟我说话的不是同一个人，这是我犯的致命错误。所以，我才去到外回廊，跑了大半圈，做了很多无用功。"

"你是说白石就是在这段时间逃走的？"

听了警部的问题,我点点头。"他穿过房间,逃到内回廊。从书堆里出来时,他悄悄地从书架上拿了一些书,堆在他的藏身处,防止别人发现书堆变小了。"

之前觉得书架上的书变少了,并非错觉。

"白石逃到内回廊之后,应该是回了自己的房间,他需要换衣服、卸妆、处理捆绑火田先生的物证。当然,从书库跑出来的赤木看到了他的这些行动,但坚称什么也没看到。赤木挡在书库门口,阻止小绿出来。另一方面,卸了妆的白石躲过我和小绿的视线,从大门的便门逃了出去。在早饭前,他们应该已经配好了钥匙。"

"你的意思是,我们到达这里不久后,白石只要装出慌慌张张的样子出现就可以了,是吗?"

我赞同警部的话。"就是这么回事。但是,白石犯了一个错误:他卸妆洗脸的时候使用了香皂。当时他身上散发着香皂的气味,丝毫不像是按照火田先生的吩咐出去找资料了。正是那个时候,我想到自己见到的火田先生很有可能是白石假扮的。"

警部低沉地"嗯"了一声,看着三个弟子,说道:"你们三个有什么要说的吗?天下一先生的推理可是合情合理的。"

青野和赤木低着头,白石却冷笑一声,说道:"如果仅仅因为合情合理就能当真,我也能给你编几个合情合理的故事。"

"你是想让我拿出证据吧?"我说道。

"对,正有此意。"

我呼出一口气,对警部说:"在他房间的角落里晾着三条毛巾,请对那三条毛巾进行鉴定。"

"毛巾?"

"对。有两条应该是用来绑火田先生的手脚的,另一条则用来堵嘴。当时流了那么多血,即使白石洗过毛巾,上面肯定也残留着火田先生的血迹。另外,从火田先生唇边取下的白色丝状物肯定是毛巾的纤维。一并进行鉴定,答案马上便会出来。"

"原来如此。"警部马上命令部下对毛巾进行鉴定。

白石好像终于放弃了抵抗,咬着嘴唇瞪着我。赤木则咣当一下跪在了地上:"我就说吧,不能用侦探当不在场证明的证人。"这就意味着他已承认了罪行。旁边的青野也耷拉着肩,垂头丧气。

"老师的家人都去旅行了,编辑过几天就会来取书稿,除了现在,我们没有下手的机会了。不管怎么说,现在是最好时机,错过就再也没有了……这件事是我们三人一起决定的,事到如今大家还抱怨什么啊。"只有白石依旧挺着胸脯,站得笔直。但是,他的表情中已经分明露出一丝沮丧。

"动机到底是什么呢?"警部转向他们,问道,"你们是他的弟子,应该尊敬他才对,为什么想杀掉他呢?"

三人对视了一眼,白石作为代表回答道:"为了保护新世界。"

"什么?"

"也可以说是新小说。故事的主人公就是谜团本身,登场人物不过是构成谜团的因子;通过设计谜团和解开谜团,穿插人物精彩的表演，给读者感动和浪漫，就是这种小说。"

这就是他们对本格推理小说的定义吧，我想。

"我们三个人从小就想读这样的小说，但它在这个世界上却不存在。虽然也有以谋杀为题材、寻找真凶的小说，但是故事环境设置得过于现实，十分无聊。被杀的要么是知道某个机密的公司职员，要么就是陷入婚外情的女白领，背景总是这样或者那样的社会问题。实际上，社会问题才是作家想要反映的，谋杀不过是陪衬。我们不想看这样的小说，只想读那种以谜团本身为主题的小说。于是，我们三个人都想到了同一件事情——对，那就是，我们可以自己写。

"不久，我们就在大学里相遇了。当知道这个世界上竟然有人和自己拥有同样的想法时，我们感动不已，发誓不管用什么办法都要创作出这种小说。但是，没有任何写作背景的我们，不论如何呼吁，都无人理睬。于是，我们决定投靠到社会派作家火田俊介门下，寻找机会。我们选择他，仅仅是因为他比较受欢迎，没有其他任何理由。说实话，我们既不崇拜也不尊敬他。"

"对于你们，火田先生又是怎么想的呢？"市长问道。

"他可能什么也没想吧。对他来说，收几个弟子不过是一种赶时髦的行为。对于我们是否能成为作家，他从未关心过。"

"所以你们便杀了他？"警部问道。

白石淡淡一笑。"不是，若仅仅是那样，我们不会杀掉他。我不是说了吗，我们杀他，是为了保护新小说。"他转过头来看着我,郑重其事地说,"三天前,我们看到了他正在创作的作品,那时便想,必须尽快杀掉他。那部小说叫'斜面馆杀人事件'。"

"啊,是我们的书稿!"在此之前一直沉默的宇户川忽然大喊起来,"那份书稿在哪儿?快给我,快还给我!"

"谢谢你这么热心,但是……"白石说道,"我烧掉了。"

"啊?!"宇户川一下子瘫软在地上。

"为什么要这么做?"我问道。

"那部小说……"白石咽了一口唾沫,"正是我们想写的。封闭的空间、神秘的人物、不可能的犯罪、挑战这个谜团的天才侦探——里面包含了我们憧憬的那类小说的所有要素。"

"那不就行了吗?"

"它令我们很困扰。我也跟你说过,我认为那部作品并非他原创,恐怕是他从某个与我们有着同样想法的作家那里抄袭来的。如果我们置之不理,那部小说就会作为他的作品发表。我们必须阻止这件事,否则,我们视为理想的新小说的先驱将会是火田俊介,而好不容易出现的新小说也会以拙劣的抄袭之作收场。我们必须想办法阻止这种事情发生。这类小说的先驱,应该是一个适合它的作家。"白石的声音渐渐高昂,充满热情。大家都被他的演说打动了。

"仅仅因为这个理由就杀人吗……"警部沉吟道。

"对我们而言,这是一件重要的事情。我们在保护不得不保护的东西。"白石没有一丝犹豫。

赤木和青野只是一动不动地站在那里,听着同伴讲话。他们没有插一句话，大概是因为这件事情是他们早已商量好的。

"我要说的就是这些。我不知道他们两个人如何，但我一点都不后悔。"

赤木和青野闻言抬起头来，不约而同地说道："我们也是。我们不后悔。"

有人发出了一声长长的叹息，是警部。他握着拳头敲了敲后脑勺，然后向部下递了个眼色。刑警们上前，准备将三个人带走。

"啊，对了，"白石停下脚步，回头看着我，说，"在我化装成火田俊介的时候，你问过我关于以解谜为中心的小说的想法，还说，没有那类小说的存在很奇怪。你为什么那么说呢？"

"为什么？这个……"我挠着头皮，想要整理一下思绪，却发现没有想好怎么回答，只能说，"没有什么理由，我只是觉得有那种小说也可以。"

这时，他微微一笑，说道："可以说你也是和我们活在同一个世界里的人啊。"

就在我思考该如何回答时，他们被刑警带走了。

7

市长鼓着掌说:"太精彩了!这次的案件又完美地侦破了。果然是名侦探,名不虚传啊!"

"不过是运气好罢了。对了,盗掘一事到现在还没有任何线索呢。"我拿起放在桌边的手杖,敲敲地板。

我、市长和小绿一起走出了皮拉图斯之家。大概是接到了案件告破的通知,各路媒体聚集。原来这个世界也有媒体啊。

我们上了市长的车,由市长亲自驾驶。

"你还是认为水岛和火田都参与了盗掘吗?"过了一会儿,市长问道。

"肯定参与了。"我说道。

"哦?"市长转过头来看着我,"这么肯定啊。"

"这两起案件虽然相差极大,但有一个共同点,你知道是什么吗?"

"不知道。"

"是什么？"小绿坐在后座上，问道。

"那就是，被杀的这两个人都知道了某种诡计杀人的方法。水岛先生得到了密室诡计，为了实践它而被杀害了。火田先生则试图写一部他之前从未写过的以谜团本身为主题的小说。这不是巧合。"

"如果不是巧合……会是什么呢？"市长握着方向盘，看了我一眼。一瞬间，他眼神锐利。

"这我还无法断言。但是，有一点我可以肯定。"

"什么？"

"小绿的话是对的。"

"小绿的话？"

"对。"我回头看了看坐在后座的小绿，又看着市长的侧脸，说道，"有诅咒存在，而且，正迅速蔓延。"

第四章 委员会

1

在皮拉图斯之家凶杀案发生后的第二天,我又坐在了市长驾驶的车中。和以往一样,来宾馆接我的还是小绿,她没有向我细说缘由,只说了一句"反正想让你跟我们一起来",就让我上了她父亲停在宾馆前的车。

我问目的地,市长只是微笑着说:"隐居处。"

"谁的隐居处?"我又问道。

"当然是我的。做这种工作,有时就想找个能休息的地方。"

"那里有什么呢?"

"这个……你去了就知道了,好玩着呢。"市长的脸上浮现出诡异的微笑。

车子开出了市区,我看着窗外的田园风景。过了一会儿,道路变得弯曲,车子沿 S 形路线行进,我的身体也随之摇晃。这时我才发现四面都是高山,山路下方是湍急的水流,河道上还架有木质小桥。周围的景色十分优美,令人惋惜的是,天公不作美。天空灰蒙蒙的,厚厚的云叠在一起,缓缓移动,似乎很快就会下一场灰色的雨。

不久,车子从柏油路驶上土路,轮胎吱吱地摩擦着坑坑洼洼的地面缓慢前进,两侧是茂密的原始森林。穿过昏暗的林道,视野忽然开阔起来。左侧有一片浅蓝色的地面往四处延伸。

"那是勿忘我。"坐在后座上的小绿说,"这一带是湿地。"

"真棒!"我看得入神,"第一次看到群生的勿忘我。"

"据说是一种特殊的品种,比普通的勿忘我开得要早。"市长握着方向盘说。

"英文叫作 Forget Me Not。"小绿接着说,"意思是'请不要忘了我',源于德国的一个传说。"

"哦。"我点了点头。"勿忘我"就是英文的直译吧。

"爸,停一下车。"市长踩了刹车。小绿下了车,奔向绿地,摘了几朵花回来。"看!"她把花托在手帕上拿给我看。淡蓝色的花瓣中间有一抹黄色。

市长发动车子,继续前行,但只走了几分钟,车子便停了下来。前面没路了,一栋西式住宅突兀地耸立于面前。

"好了,到了。"市长下了车,说道。

我和小绿下车时,宅子的两扇正门打开了,一个满脸胡子的男人和一个戴着眼镜的瘦小中年女人走了出来。我记得这个男人,是纪念馆的门卫。

"哎呀,市长,您辛苦了。"门卫搓着双手走了过来。

"你也辛苦了。其他人呢？"

"月村馆长和木部先生已经到了。"

"是吗，真不好意思，让他们久等了。"市长打开后备厢，拿出两个提包，一个是黑皮革的，一个是带花纹的。小绿接过那个带花纹的。

"这是市长你的别墅吗？"我一头雾水，问道。

"也算不上，听说是我父亲从欠债人那里得来的。交通不便，又很老旧，住着也不方便。只有一个优点，房间多，适合举行秘密会议。"

瘦小的中年女人走近市长，鞠了一躬。她身上系着一条绣有大象的围裙。"好久不见了。"

"富米，你还好吗？"市长笑着对她说，接着微笑着转向我道，"这是负责帮我打理宅子的富米。多亏她住在这里，这座宅子才没有破败。"然后又向富米介绍道，"这就是我昨天跟你说起的天下一先生。"

"我是富米，请多关照。"她两手扶膝，鞠躬行礼。我也回了句"请多关照"。

"他，你认识吧？"市长指着门卫对我说。

"嗯，之前见过。"

"虽然觉得有点多余，我还是叫上他了。把所有的相关人员都叫来可能比较好。"

"所有的相关人员？"

"是的。"市长眨了眨眼睛。

我们登上建筑物正面的石阶,穿过雕花的大门,进了屋子。前厅很高,直通二层。最里面是一个宽敞的客厅。

"大家可真早啊。"

听到市长的声音,坐在暖炉前的女人转向我们,挺直了上身。正是纪念馆馆长——考古学博士月村女士。旁边是一个穿着西装的矮胖男子,蓄着胡子。

"对不起,准备时间比我预想的长了一点,又去接了天下一先生。"市长向他们表达了歉意。

"前段时间多谢了。"我对月村博士说。

"这几天的事我都听说了。作为侦探,你很能干啊。"

"只是凑巧罢了。"

和月村博士说话时,那个蓄着胡子的男人一直微笑着从头到脚打量我。此时他自我介绍道:"我叫木部政文,做新闻的。地方报纸而已,在首都圈没有什么名气。"

"我是天下一。"

"我知道,刚才还和月村博士谈起你呢。你拥有如此过人的推理能力,为什么要当侦探呢?将这种才能运用到其他方面,肯定能取得巨大成功——比如炒股。"

"过奖,我很荣幸。"我敷衍地表达了谢意。

木部又跟市长打了招呼。他们好像很熟。

"木部也是委员会的成员。"市长对我说道。

"那么,所有的相关人员是指……"

"那件事,那件事的相关人员。"

他指的是有可能参与盗掘的相关人员。这么说来,一会儿来的人应该都是委员会成员。

客厅里放着七把带扶手的椅子。算上我和市长,还剩下三把空椅子。小绿坐在靠墙的长凳上。

"共七把椅子,是有含义的。"木部对我说,"与纪念馆保存委员会的人数一致。对吗,市长?"

"啊,算是一种游戏。"市长很快叼起烟卷。

"侦探先生,请站起来,看看椅面。"

听了木部的话,我站起来,发现椅面上刻着"WED"三个字母。"是 Wednesday 的缩写吗?"我问。

"正是指星期三。这是水岛雄一郎以前专用的椅子。"木部说着也站了起来,让我看他的椅子,"我的椅子上刻着 THU,当然,是 Thursday 即星期四的缩写。[①]说到这里,市长和月村博士的椅子上刻着什么,不说你也知道了吧?对,月村博士的椅子上是 MON,而市长的椅子上是 SUN。"

我瞟了一眼三把空椅子,分别刻着 TUE、FRI、SAT。TUE 应该是火田俊介的座位。

"当初看着委员会的成员名单,我忽然发现,"市长说,"如果取每个人姓氏的头一个字,就排成了月、火、水、木、金、土、日。于是就想到了这个小游戏,方便又好玩。"

"剩下两个人是……"

---

①在日文中星期一到星期日依次为:月曜日、火曜日、水曜日、木曜日、金曜日、土曜日、日曜日,在这里,分别对应委员会七个成员的姓氏。

"金子和土井。"

"原来如此。"我点了点头。绝不是为了玩游戏而特意让拥有这种姓氏的人加入委员会的,只是巧合。虽然有些不可思议,但在这个世界中,这种程度的巧合也并非不可能。

过了三十几分钟,其余两人也到了。此时下起雨来。

金子和彦自称文化人类学学者,褐色贝雷帽和烟斗是他的标志。"一般人一看见我就能叫出我的名字,"他对我说,"因为我常上电视。天下一先生,你不看电视吗?"

不是不看,只是没有看过这个世界的电视。我只得回答:"几乎不看。"

"是吗?嗯,不看电视倒也没什么。"金子似乎对我没把他当成名人对待很不满。

土井直美是做科技新闻的记者,留着短发或许是为了营造知性感,遗憾的是这个目的没有达到。大概是因为我一向认为知识分子都很瘦吧,而她的体形完全相反。无论从哪个角度看,她都像一个普通随和的中年妇女。当然这也没什么不好。

"不跟没有逻辑思维的人讲话,这是我的原则。"她一见到我,就这样对我说,"听说你最近成功地侦破了两起案件,那是通过百分之百的逻辑推理做到的吗?"

"嗯,我自认为是。"

她连连点头:"看来我们能合得来。"

"谢谢。"

就这样,所有相关人员齐聚一堂。

2

在生着炉火的客厅里,我和五名委员会成员坐在专用椅子上,围成了一个圈。

市长首先开口道:"今天把大家召集到这里,不为别的——关于纪念馆,我有重大事情要报告。"

"是开拓者的真面目揭开了吗?"木部笑着说,"你不会称自己的祖先是开拓者吧?"

市长的父亲曾如此坚称,已是众所周知。

市长苦笑着,没有反驳。"几天前,在那间地下室,发生了一件 accident。"他严肃地说。

"Accident……意外事故吗?"土井直美问道。她的英文发音非常漂亮。

"也不能说是意外事故,"市长转向他女儿的方向,说,"是人为的。"

"到底发生了什么事,你别再兜圈子了,赶紧告诉我们。"金子晃着手中的烟斗。

市长点点头,向大家说起地下室遭人盗掘一事。月村博士已知情,没有什么反应。其余三人情绪激动。

"这么大的事,为什么要隐瞒到现在才告诉我们?"木部面露怒色,"地下室是小城历史上最大的发现,当初决定要慎重进行调查,可是……"

"请务必给我们一个合理的解释。"金子也说道。

"对,若没有合理的解释,我会考虑退出委员会。发生这么大的事,却完全忽视我们的存在。"土井直美就像PTA[①]代表中唠叨难缠的母亲。

月村博士发言了。"是我向市长提议暂时不要告诉大家的。"

"啊?"三人的目光齐聚在月村的身上。

"为什么?"土井直美追问。

"这个……"月村博士迟疑了一下,随即正色道,"我认为盗掘者就在我们中间。"

委员会的三名成员几乎同时勃然变色。

"什么?"

"你这是什么话!"

"为什么这样说?"

"好了,好了,大家请听我说。我理解各位的心情,各位很

---

①家长教师协会(Parent-Teacher Association),协调教师与家长的关系、加强双方沟通的团体,通行于欧美和日本。

生气是自然的。但请先听我解释,先听我解释。"市长挥挥双手,示意大家安静。

"怎么解释?你都把我们当成贼啦!"木部怒目圆睁。

"我明白大家的心情,但也请大家理解我的想法。大家想想,自从发现地下室,我们从未对外公布过。这意味着,外人不知道有地下室,更不知道地下室里躺着一具木乃伊。不知道地下室存在的人会想到盗掘地下室吗?"

三个委员似乎这才无言以对。他们张着嘴,想说什么又没说,面面相觑。

"明白了吧?为了不声张,我甚至没有通知警察,所以也没有告诉大家,只委托了天下一先生去调查被盗物品的下落。"

三个人的视线不约而同地转向我。

"有什么发现吗?"金子问我。

我正要张口,却听市长说道:"天下一先生首先猜想嫌疑人是水岛和火田。大家也都知道了,这两个人相继遇害。当然,两起命案没有任何关联,完全由不同的凶手出于不同的动机作案。但是,通过这两件事,天下一先生得出了一个结论,即水岛和火田都与盗掘一事有关。"这时,他转向我,问道:"对吧?天下一先生。"

还不成形的推理经市长公布出来,令我有些不知所措。但是,如果我模棱两可,就会破坏好不容易营造出的紧张气氛,我决定点头。"是的。"

市长似乎放下心来,又转向其他委员。"但是,最为关键的被盗物品，无论在水岛的宅邸还是在火田的皮拉图斯之家，都没有找到。根据天下一先生的推理，"市长又看了我一眼，"他们很可能已转交他人，而这个人可能就是委员会成员。这种推理很合理，所以，今天我把大家召集到了这里。"

"我可不知道被盗物品是怎么回事。"市长话音刚落，木部就接口道，"我有什么必要那么做呢？"

"我也不知道。"

"我也是。"

"真的吗？"市长逐一盯着这三个人，说道，"如果有隐瞒，请在这里说出来。若是晚了，事态可能会变得更加严重。"

"是吗？你还真能吓唬人。会严重到什么程度？"报社社长傲慢地靠在椅背上。

"用天下一先生的话说……"市长又提到我，"有诅咒。"

"诅咒？"

"就是说，还有发生命案的可能性。"

木部哧哧地笑了起来："我还以为你会说什么呢，原来……"

"讲话水平下降了很多啊。"金子做了一个差点从椅子上跌落的动作。

最为不满的则是科技新闻记者土井直美。"怎么忽然说出这种没有科学依据的话来？天下一先生，你刚才不是说，自己是靠百分之百的逻辑推理侦破案件的吗？现在竟然说什么诅咒……"她摇了摇头，说道，"我对你真的很失望。"

"水岛和火田相继惨死，这是事实。单单将这两件事归为巧合，太勉强了吧？"市长说道。

"就是巧合，仅仅是巧合。"土井直美断然否定了他的说法，"而且我也不觉得有多巧。我听说，两起案件的凶手都是死者的身边人，是吧？不论是水岛先生还是火田先生，都处在随时随地可能被杀的状态之中。如果把第二起案件解释为由第一起案件诱发而来，就不是偶然，甚至是一种必然。"

的确，这是科学的推断，但还是有必要让她明白我所说的"诅咒"的含义。

"你若对'诅咒'这个词不满……"我说道，"可以使用'影响力'来替换。据我推断，被盗物品拥有极大的影响力。我认为，水岛先生和火田先生之死都由它引起。"

"不管怎么变换词语，这种说法都不具现实性。"金子隔着贝雷帽挠了挠头，说道，"侦探先生，这件拥有极大影响力的物品到底是什么呢？"

"这我还不能断言。"

"什么？原来你不知道啊。"木部的嘴角露出一丝明显的轻蔑，"那还有什么可说的？"

"但是在某种程度上已有头绪了，只是还没必要在这里说。而且，在座几位中应该有人知道被盗物品是什么。"

"什么意思？我完全不明白你在讲什么。"金子夸张地歪了一下脑袋，"反正我和盗掘一事没有丝毫关系。"

"我也是。"土井直美斩钉截铁地说。

"市长，接下来你想怎么做呢？"木部对市长说，"你们像是在怀疑我们，但目前又没有人自首。这样下去，应该不会有任何进展。"

"事情本就不会轻易取得进展。"市长很宽容，"趁着这次聚会……说'趁着'似乎有些奇怪，但是，既然大家好不容易聚在一起，就不妨借此机会商量一下纪念馆的事情——关于所有权、何时公布地下室和木乃伊等，有必要做出一个决定。此外，水岛和火田已经去世，必须尽快选出合适的接替者。很久没尝富米的手艺了，我们一边吃饭一边商量吧。其间……"他看了我一眼，接着说道："让天下一先生给我们推理一下吧，关于谁偷了地下室里的物品。大家意下如何？"

我吃惊地看向市长，但他已经扭头去看其他委员了。

"总之，这是一场战争。在我们交谈的时候，等着那个偷了东西的人露出破绽。"

"无所谓，只要侦探先生不做拙劣的推理，嫁祸于我。"木部非常自信地说。

"我也无所谓，只是……"土井直美看了我一眼，如我所料地说道，"希望你的推理是科学的。"

"这个我可以保证。"市长竟然替我回答了。

富米小心翼翼地走过来，在市长耳边低语几句。

市长点点头，对众人道："晚饭六点才能开始。还有两个多小时，我们不如先解散，一会儿到餐厅再聊。"

木部、金子和土井先行站了起来。

"做梦也没想到这次会面会是这样。"木部发着牢骚。

"偶尔一次，算了，不计较了。"说话人是金子。

"这倒没关系，但是，说什么诅咒之类的毫无科学依据的话，可真让人受不了。"土井直美还在生气。

三个人相继走上位于客厅一角的楼梯。楼梯直达二楼回廊，回廊带有扶手，内侧是房间。木部、金子和土井依次走进各自的房间。看来，他们的房间也是固定的。

三个人关好门后，我看着市长的侧脸，说道："你忽然那么说，我很为难。"

市长笑道："那样不好吗？"

"你若出于这个目的带我来这里，应该提前告诉我。在这种情况下，忽然让我推理，也太胡闹了。"

"是吗？若我的做法让你为难了，我道歉。但是，请听我说，即便我提前告诉你，也不会有多大差别。来这里之前，你没有见过那三个人吧？"

"起码我可以有心理准备。"

"所以，"市长用食指指着我说，"我那样做，是因为相信名侦探天下一的实力。"

我靠在椅子上，看着上方。墙上挂着一个可以报时的石英钟，没想到时间还挺准。这种报时石英钟经常会坏。但是——我为什么会遭遇这些事情？一种未知的力量正操控着我，让我在这个小城做我未知之事。那到底是什么呢？

"关于被盗物品你已略有头绪了，是真的吗？"月村博士问道。

"还没有确证。"

"意思是不能告诉我们?"

"对不起,在一切还不明朗的时候,我不想说。但是,有一点可以告诉你,被盗物品正是小城所缺失的东西。"

"缺失的?"

"对。它是小城曾经拥有的东西——不,确切说,正因为是这座小城,才会存在这个东西。若没有它,小城就失去了存在的意义——就是这么重要的东西。"

"真是令人好奇啊。按常理,听到这里的人都会想知道那到底是什么。"月村博士双手抱在胸前,瞪着我说道。

"算了算了,"市长苦笑着向月村博士道,"天下一先生会告诉我们的,耐心等待吧。"

"那……好吧。"月村博士说着,呼了一口气。恰在此时,窗外一道白光闪过,雷声隆隆。

"哦,春雷。"市长看着窗外说。

小绿站在窗边向外张望了一会儿,然后回过头来。"雨越下越大,风也越刮越大了。"

的确,雨点噼里啪啦地砸在窗子上。风声大作,就像一头猛兽在远方咆哮。

"天下一先生,距吃饭还有些时间,不如先进房间休息一下吧。"市长对我说,"右手边从里往外数的第一个和第二个房间空着,你想用哪个都行。"

"那我就去第一个吧。"我站起身来。

"小绿,你带路。"

小绿应了一声,率先走上了楼梯。

二楼共七个房间。打开最里面的那个房间的门,两张床映入眼帘。昏暗中,白色的床单格外显眼。小绿开了灯。

"对不起,房间很小。"

"啊,不,足够了。"

房间里还有一张小桌子和一个衣柜。没有必要提出更奢侈的要求了。何况,我并没有换洗的衣物。昨天我才在宾馆附近的杂货店里买了一条内裤,那是我来到这里之后第一次想到换衣服。

"所有房间都没有像样的锁,只有门闩。出去时,请不要将贵重物品放在房间里。"小绿小声说道。

"好的。"我不认为那些家伙会偷东西,但还是决定遵从小绿的建议。

安在房门内侧的门闩构造简单,只要将门上可旋转的扁平金属棒插入旁边的锁扣,就能锁上门。在古今中外有关密室的推理小说中,经常会出现此类小道具。当然,这是我以前居住的那个世界的情况。

"晚餐时见。"小绿说着走了出去。

我关上门,忽然发现门后挂有一块木制的牌子,上面刻着"WED"——和椅子上一样,在"WED"的上面,还有一个"×"。

像是水岛雄一郎的房间,我心想。其他房间也会有这种牌子吧,只是,"×"指什么呢?

我悄悄走出房间,轻轻推开隔壁房间的门。正如小绿所说,门没有锁。

门后挂着一块刻着"TUE"的牌子,上面也画着"×"。

回到房间,我躺在其中一张床上。远方,雷鸣阵阵,雨下得更大了。

我有一种不祥的预感,某种诡计正伺机而动。

3

晚饭时分，雷鸣依旧，我甚至觉得雷声越来越近，几近头顶。雨仍不停歇，豆大的雨点敲打着地面和建筑物。

餐厅在客厅的旁边。一张细长的桌子，可供十人围坐，我们陆续落座。

门卫开始上菜。据市长说，委员会开会时，他总在现场帮忙打杂。怪不得端盛有点心的大盘子时，他显得那么得心应手。

"有个家伙，是钟表公司的社长。他说如果委员会缺人，请告诉他。"木部一边大口地嚼着腌章鱼，一边说，"还说若能成为委员会成员，他愿捐一座钟塔给纪念馆。"

真是物以类聚，那家伙和木部像是同一种类型。我与对面的小绿相视一笑，偷偷眨了眨眼睛。

"钟表公司的社长为什么想加入委员会呢？"金子问道。

"他的想法很有意思呢，说是为了宣传。"

"宣传？"

"是的，比如，运用电脑特效制作一段影像。戴着手表的木乃伊睁开双眼，伸一个大大的懒腰。之后，他看着手表，说：'啊，已经过去一百五十年了，我的手表还那么准时。'画面切换——请让我帮您存储记忆，××牌石英表。怎么样？"

"木乃伊……"月村博士瞪大了眼睛，说，"那个人怎么会知道木乃伊呢？你跟他说过地下室的事情吗？"

木部张大嘴，意识到失言了，赶忙咳嗽一声，说道："啊，这个啊，我也没有全都说出去，只提了一下木乃伊。所以，那个人知道的也就是木乃伊这一点。"

月村博士显得很无奈，但没有发牢骚，只是微微摇了摇头，咕咚喝了一口白葡萄酒。

"真让人为难啊。"市长手拿叉子说道，"我们不是说好了吗？发现地下室一事不能告诉任何人。"

"我不是说了吗？我没有全都说出去。没关系，那个人很可靠，我保证。大家真那么担心，让他加入委员会不就得了？他有钱，又有人脉。"

"除了他，你没有再告诉其他人吧？"市长不理会木部的提议，直接问道。

"没有，请相信我。"

但是，没有任何理由再相信这个人的话，大家都沉默不语，气氛尴尬起来。

"月村博士，什么时候开始正式对地下室做调查呢？"土井直美问身旁的月村。

"我们想先找到被盗物品。"月村看了我和市长一眼,接着说,"如果找不到,就从下周的后半周开始调查。"

"第一阶段对木乃伊进行调查吗?"金子问道。

"对地下室的整体调查也将同期开展,但优先调查木乃伊。"

"是要调查木乃伊是谁吧?"

木部说这句话时,门卫和富米端来了沙拉和鱼。两人分头将盘子摆在众人面前。

"检测 DNA,不就能查出是谁的祖先了吗?"一听就是土井直美说的话。

"这个方案应该可行。"月村博士表示赞同,"这方面的调查已经安排专业研究机构进行了。"

"若能查明,也就能辨明开拓者的后裔是谁了吧?"

"这个不太可能,"金子与木部意见不同,"没有任何证据表明木乃伊就是开拓者啊。依照月村博士的说法,木乃伊是被杀害的。可见除了木乃伊,至少还有另一个人存在。那个人也有可能是开拓者。"

"开拓者是杀人犯?"市长瞪大了眼睛,"这可是个新说法。"

"没有证据表明开拓者一定是善人啊。"

"不,开拓者应该不是你想的那样。"金子提出了反论,"开拓者不是指某一个人,而是一种象征,是这个小城的创建者的总称。在这个意义上,将木乃伊视为开拓者也没什么不妥。当然,杀死木乃伊的凶手可能也是开拓者之一。开拓者不可能是特定的某个人,因此,我觉得暂且将木乃伊的子孙视为开拓者的后代也没问题。"

"我们根本不知道木乃伊的身世与品行。万一是个大坏蛋,也要给他的后裔封号吗?"

"那有什么啊,反正谁也不知道木乃伊的生平事迹。"

"万一有一天大家弄清了木乃伊的真实身份呢?"

"到时候再考虑那个问题不就行了?"

"到那时就晚了。"

"好了好了,"又是市长出面调停,"关于木乃伊,我们还一无所知,这种时候进行争论没有任何意义。有了新发现和新数据时再商量吧,反正最新资料只有我们几个知道。"

木部和金子不语,一脸不快地开始吃饭。

土井直美看着我,嘿嘿笑道:"怎么样啊,侦探先生,通过这样的对话,你也能推断出什么吗?"

"嗯,当然。"我回答,"通过饭桌上的对话观察人性是最理想的。"

"那你也加入吧,我来观察你。"木部大口吞着西兰花,说道。

到了饭后甜点和咖啡时间,市长环视众人,说:"接下来,按照惯例,请大家去客厅继续喝酒吧!"

"好啊。"金子最先站起身来。

"不喝点苏格兰威士忌,舌头就不听使唤啊。"木部说道。

小绿用胳膊肘捅捅我,咻咻笑道:"大家都很喜欢喝酒。"

"没有酒量不好的吗?"

"没有啊,除了我。"

"那我陪你一起喝点果汁吧。"

就在我们说着话准备起身时,忽然传来震耳欲聋的声响,整栋建筑似乎都震动了。所有光一瞬间消失了。

大家同时发出惊叫。

"停电了。"这是月村博士的声音。

"像是雷击到了附近的电线杆。"金子说。

"请大家原地等待,没事的。"这是市长的声音。

没多久,一道光射进来。门卫拿着手电筒出现了。

"换成家用发电设备。"市长命令。

"富米已经去了。"门卫回道。

很快我们便听到了发动机的声音,像是柴油发电机。又过了一会儿,灯亮了。所有人的位置都和灯灭前没什么不同。小绿还保持着正从桌前起身的动作。

"没事了,走吧。"市长对大家说。

走到客厅,一张之前不存在的圆形桌子摆在中央,配有七把椅子。稍远处也有一张桌子,上面放着备好的酒水,有白兰地、苏格兰威士忌、波本威士忌等,还有果汁、矿泉水和各式玻璃杯以及盛满冰块的冰桶。

委员会成员都坐上各自专用的椅子,我和小绿不得不坐到故去的水岛雄一郎和火田俊介的椅子上去。那两把椅子放在一起。

我拉开椅子,顿时吃了一惊。"WED"的上面画着一个"×",

和房间门后牌子上的一模一样,但是我第一次看到这把椅子时,上面没有"×"。是谁画上去的?我想看看刻有"TUE"的椅子什么样,可小绿已坐了上去,无法查验。

"我先来一杯。"木部边说边开始调苏格兰威士忌。众人围聚桌边。我和小绿按照约定喝果汁。果汁不够冰,我往杯里加了一颗冰块,小绿也照做了。

木部、土井和市长喝苏格兰威士忌,月村博士选中了白兰地,金子则喝加冰波本威士忌。

"虽然市长那么说,我还是认为很多事情应该在辨明木乃伊身份之前处理,"木部摇晃着手中盛有加冰威士忌的玻璃杯,旧话重提,"比如纪念馆的所有权。现在属于市有吧?"

"当然。"

"木乃伊的身份查明后,他的后裔会怎么看待所有权呢?他们很可能会要求收回纪念馆所有权。"

"有这种可能。"金子右手握着烟斗,左手拿着玻璃杯,表示赞同,"既然木乃伊是在纪念馆发现的,如果他的后裔认为整栋建筑物都属于他,也合情合理。"

"这个……"土井直美说道,"可能他的确住在地下室,但不能因此就称他为整栋建筑物的主人啊。"

"为什么?"

"这是我个人的感觉——那间地下室不太像居住空间,更像一个地牢。连入口都被巧妙地隐藏起来,让人不解。"

"我有同感,那家伙肯定是被囚禁起来了。"木部说着,咕咚灌了一口加冰威士忌，"月村博士的意见呢？"

"那个地下室的确不像普通生活空间，这是肯定的。"她用晒得黝黑的手把玩着盛有白兰地的玻璃杯。

"但地下室是屋子的一部分啊。如此一来，木乃伊的后裔就会主张收回所有权。"不知为什么，金子冷笑着。

"即便那样，市政府也会努力让地下室保持现状。"市长说道。他大概不太想喝酒，桌上的威士忌里的冰块都已经融化了。

"这会引起官司的。"金子说道，"为了将纪念馆据为己有，费点工夫也在所不惜。"

"那我们就只能做好斗争到底的准备了。"市长很坚决。

这时，我发现木部有点不对劲，他的脸色很不好。忽然，他咬着牙，开始抓挠头部，面容扭曲。

"啊，怎么啦？"旁边的土井直美惊慌地喊道。

木部已经无法回答她的问题。他像是在抽搐，整个身体后仰，从椅子上跌落。但现在的他似乎已经感受不到跌落的疼痛了。

众人目瞪口呆之际，木部口中冒出细小的白沫，接着肚子渐渐隆起。他像离了水的鱼一样在地上抽搐了两三下，就完全不动弹了。他双眼圆睁，翻着白眼，吐出的白沫顺着脸颊流向脖颈。

土井直美大喊起来。

"木部！"市长慌忙从座位上站起身，想要扶起木部。

"别碰他！"我阻止了市长，走近木部，摸了摸他的脉搏，又看了看瞳孔。结果很明显。"已经死了。"

金子也惊叫起来。

"为什么会忽然……是心脏病突发吗？"市长问我。

"不，应该不是。"我看了一眼桌子上的玻璃杯，木部已喝了一大半威士忌。小绿大概是看到了我的视线，伸手要去拿那个玻璃杯。"不要碰！"我大喊。她慌忙缩回手来。

我隔着手帕小心翼翼地拿起杯子，以防指纹附在上面。凑近一闻，只有苏格兰威士忌的味道，乍看也没有什么异常。

"怎么样？"土井直美似乎看出了我的意图，问道。

"看不出来。无色无味的毒药有很多。"

"毒药……"金子挺直了身子，"为什么会有毒药呢？"他瞟了一眼自己的玻璃杯。

石英钟报时了。气氛变得更加紧张了，让人窒息。

"这个时候还来吓我们。"金子嗫嚅道。

"咦？"月村博士说着将自己的椅子移到墙边，踩了上去。石英钟就在她上方。

我马上明白了她要做什么。石英钟的报时鸽嘴里衔着一样东西，像是折叠的小纸条。

月村博士伸长胳膊取下纸条，跳下椅子后打开了。从她的眼神判断，上面写着什么。

"你看。"月村博士将手中的纸条递给我。

上面工工整整地写着：

罪恶在死者的书中。

这是凶手发出的信息。石英钟指向了九点,凶手已料到被害人会在此之前毙命。

"这是怎么回事?这么看来,木部是被人杀害的!"市长的呼吸变得紊乱了。

"但是……"土井直美摇了摇头,"是被谁杀害的呢?"

"死者的书……什么意思?"我喃喃道。

"木部先生写过一本书,叫《胜利者的经营学》。会不会是指那本?"月村博士回答。

"谁有那本书吗?"

"那种书……也就作者本人才会有吧?"

金子话音刚落,我便跑上了楼梯。

木部的房间在我房间相反方向的角落里。门没有闩上,我推开门,扫视屋内。木部的房间也有两张床,其中一张放了行李,上面躺着一本装帧花哨的平装书。我赶忙拿起来翻开。

"发现什么了吗?"追上来的小绿问道。市长、金子和月村博士相继跑了进来。

"不,还没有……"我正说着,发现了夹在书中的书签。上面写着字:

他被诅咒迷惑了,成了禁忌之书的俘虏。

"禁忌之书……"

"上面写着什么？"听市长这样问,我默默地将书签递给他。

市长只看了一眼便抬起头来,问道:"这是什么意思?"

"让我也看看。"金子斜着眼往市长手中望去,月村博士和土井直美也伸长了脖子。

我挠着乱蓬蓬的头发,在室内转了一圈,忽然想到了什么,往门后望去。和我的房间一样,那里挂着一块牌子。

同样的,上面刻着的"THU"上画了一个大大的"×"。

4

天空不再响雷,风却更大了,猛烈的暴风雨势头不减,完全没有停歇的意思。靠家用发电设备发电,不能要求太高,宅子里一片昏暗。

我们又回到客厅。男人们把木部的遗体抬进他的房间。现在聚在一起的,有日野市长、月村博士、土井直美、金子和彦、富米、门卫和我一共七人。小绿在房间里休息。这已经是她第三次看见尸体了,一时接受不了是很自然的事情。

发生了命案,我们却无法联系警察。讯号中断了,不知是刚才遭了雷击,还是被人为破坏。我们认为,后者的可能性更大。发生这种事,不可能是巧合。

"我想先讨论一下凶手的行凶手法。"我坐在水岛雄一郎刻着"WED"和"×"的椅子上,看着大家。

在我们返回客厅后,我马上对木部的椅子进行了确认。不出所料,"THU"的上面也画着"×",大概是我去木部的房间时凶手伺机刻上的。说"刻"有点夸张,实际上只是用前端比较锋利的器具刮出来的,几秒钟足矣。当然,我已经知道那是什么器具了。我看了一眼放在桌上的碎冰锥,上面沾有少许木屑。

小绿刚才坐的火田俊介的椅子上,"TUE"的上面也刻着一个"×"。

"是毒杀吧,刚才你不是已经说了吗?"土井直美涨红了圆乎乎的脸,说道。

"是的,可凶手是怎样投毒的呢?"我指着木部手中的玻璃杯。

"不可能是放在苏格兰威士忌里的,我一点事都没有啊。"土井直美看着面前的兑水苏格兰威士忌说道。我发现,事发后她就没再碰过那个杯子。其他人也一样,我也完全不想喝果汁了。

"水和冰块也不可能有毒。"金子说,"我加了冰块,也有人往酒里兑水。"

"我直接喝的水,"月村博士说道,"什么事也没有。"

"是不是可以排除将毒掺在某种东西中的可能了?"市长看着我,"无论是往酒、水还是冰块投毒,如果凶手的目标是木部,命中率就太低了。"

"我有同感,但凶手的手段可能更为巧妙。"

"有可能在饭菜里投毒吗?"金子急急地吐了一个烟圈,

问道。

"若是在饭菜里,应该更早倒下吧?"市长马上反驳。

"不,这个应该能够做到。药力发作的时间可以调节,比如使用胶囊。"

"晚饭中有胶囊之类的东西吗?"土井直美嘲笑道。

"类似胶囊就可以,比如,往没有剥皮的鸡胗里注射毒素。因为鸡胗太硬,没有嚼碎便咽了下去,在胃中消化之后,毒药才慢慢开始起作用。这样做就能延迟毒发时间。"

"晚饭中没有鸡胗啊。"月村博士说道。

"我只是举一个例子而已。连我都能想出这样的方法,凶手稍微动一下手脚,不就可以让毒效延迟发作吗?要是在吃饭时下手,命中率也会更高。比如,牛排要几分熟,哪个盘子会放在木部先生面前,大体上提前就知道。"

"那么,您是说毒药是我放的吗?"一直一言不发地聆听的富米终于忍不住了。

金子慌张起来。"不是不是,我不是这个意思。"他满脸堆笑道,"我只是说,吃饭的时候,人多手杂,凶手有可能就是在这种时候找到了机会。"

金子慌忙辩解,但是很明显,他刚才就是这个意思。富米双眉倒竖,怒意毫无消退。

"在饭菜中投毒的可能性很低。"我说道。

"哦?为什么?"市长饶有兴趣地问道。

"如果凶手采用某种方法延迟毒效,就不会在石英钟里留下纸条。因为，消化程度因人而异，无法保证木部先生会在报时前死去，不是吗？当然，时钟先报时，毒效再发作，木部先生死去，这样也可以，但不符合凶手的本意。从纸条的字面意思来看，凶手是预料到被害人在报时之前会死掉，才留下这样的纸条的。最重要的是，凶手根本没必要延迟毒效，因为即便木部先生是在吃饭时倒下的，我们不是也无法断定谁是凶手吗？"

"有道理。"市长点了点头，看着金子，"你有什么不同看法吗？"

"我明白你的意思。但凶手是怎么往威士忌里下毒的呢？而且，只往木部先生的威士忌里下毒。"

"虽然很难，但也不是没有办法。"我说，"最简单的方法就是在木部先生拿到威士忌坐下后，往玻璃杯中滴下毒药。"

"很简单，但是不可能。"市长说，"木部好像一直都将玻璃杯拿在手中。"

"凶手有可能抓住了稍纵即逝的机会。"

"若非坐在木部先生旁边，是不可能得手了。"

听了金子的话，土井直美竖起一边的眉毛，怒道："哎呀，这么说是我了？我就坐在他旁边。"

"我只是按照天下一先生的说法表达自己的看法而已。"金子看了我一眼，说道。

"只是说有这种可能性。"我向土井直美解释。

"还有其他可能性吗？"

"在酒、水和冰块中下毒。"

"不,那不可能。"市长说,"不管是苏格兰威士忌、水还是冰块,其他人也都入过口。"

"的确,但其中有一样东西,是不能和他人共用的——冰块。向苏格兰威士忌或水中投毒,会有多人喝下,因此不能锁定被害人。但是,如果只往一颗冰块里下毒,就只可能有一个被害人。"我说着,晃了一下眼前的玻璃杯。里面是一颗几乎融化的冰块和已被稀释了的果汁。

"但是,凶手不可能知道木部先生会拿哪一颗冰块啊。"月村博士的疑问在我预料之中。

"你说得对。所以凶手必须提前做手脚,诱使木部先生拿那颗毒冰块。"

金子惊讶得直往后仰。"这不是轻易就能做到的。"

"但也不是不可能。比如,在木部先生加冰之前,把毒冰块放在冰桶中最易拿取的位置,这样成功率就能接近百分之百。"

"木部好像是第一个去加冰的。"市长似乎在回忆当时的情景。

"也就是说,毒冰块放在最上面。"金子说,"但是,谁又能预料到木部先生一定会取最上面的冰块呢?"

"平时是怎样的?听说木部先生酷爱苏格兰威士忌,只要预备好了酒,他就会迫不及待地去加冰,是这样吗?"我问道。

"是有这么回事,但他也不一定总拿最上面的冰块啊。而且,他今天是加了冰块,但有时他什么也不加,是吧?"土井直美说,句末的"是吧"是在征求他人同意。月村博士和市长都冲她点了点头。

"看来冰块的说法也不怎么准确。"金子撇了撇嘴,或许那是一种挖苦的笑容。

"不管怎么说,"月村博士抱着胳膊,慢悠悠地环视众人,"凶手就在我们中间,对吧?"

谁都知道、但谁都没挑明的话,被月村博士说了出来。全场一瞬间鸦雀无声,没有人表示反对。金子伸手去拿盛着波本威士忌的杯子,又似乎想起了什么,缩回手来。

"可能的话……"市长首先打破了沉默,"希望那个人能自首。范围这么小,我们迟早会弄清谁是凶手的。"

"说这种话的人往往最可疑呢。"月村博士低头看着桌子说。

市长轻轻摊开两手,说道:"我没有动机。"

"我也是。"

"我也是。"

金子和土井直美不约而同地说。

月村博士看着我说:"我想听听侦探先生的意见。"

"我还在思考。"我答道。

"就这么几个嫌疑人,还无法断定凶手是谁吗?"

"问题就在这儿。我无论如何也不明白,凶手为什么偏偏在这种状况下杀人。的确,现在讯号中断,天气恶劣,无法通知警察,但是警察总会来调查的。在警方查明真相之前,我们都要被困在这里,不能随意离开,这对凶手来说绝对不是好事,可凶手却这么做了,为什么呢?"

"会有什么不得已的原因吗?"市长问道。

"不像。凶手在作案后留下了信息,从这一点判断,他是有计划的。"

"说来也是……"市长咬着嘴唇说道。

大家各自陷入了沉思。但是,其中应该至少有一个人想的是与其他人完全不同的事。

实际上,我想到了凶手在这种状况下作案的理由。但那太不吉利,会引发恐慌,所以我按下不说。

"对了,"我对大家说,"关于木部先生书中的那张书签,各位有什么线索吗?好像是这么写的:他被诅咒迷惑了,成了禁忌之书的俘虏。"

市长首先摇了摇头。"不知道。禁忌之书……到底指什么呢?"

"月村博士呢?"我问女考古学家。

"据我所知,没有被称为禁忌之书的书。也可能是关于宗教或性的书吧。"

"你们二位呢?"我又问金子和土井。

二人对视一眼,几乎同时摇了摇头。

"不知道。"

"我也不知道。"

"哦……"我点了点头,十指交叉,放在桌子上,大脑迅速整理发言内容,"禁忌之书,很可能就是被盗物品。"

所有的视线都集中在我身上。没有人说话。

"水岛先生被杀之前,曾在日记中写道:'最近一直睡眠不足。都是因为那个东西,我每天都睡不着。今天晚上肯定也会失眠。说实话,我没想到会这么烦恼,这么痛苦。'水岛先生说的那个东西,很可能就是禁忌之书。他也是因为读了那本书,成了它的俘虏,才失眠的。"

"成了它的俘虏,什么意思?"市长问道。

"从字面上讲,是为它神魂颠倒。可见,禁忌之书具有非常强大的吸引力。"

"真厉害啊,可那到底是什么书呢?"市长又问。

我逐一看向望着我的人,再度开口。"我觉得很可能……"我停顿了一下,在成功地令大家感到着急之后,接着说道,"是被称为本格推理小说的东西。"

一瞬间,灯又灭了。

5

"不好，又断电了。"这是市长的声音，"喂，去看一下发电机。"

"好。"传来了门卫的应答声。

"应该有手电筒的，"是金子的声音，"在哪儿来着？"

"像是在楼梯下面。"这是月村博士的声音。

"找到了。"是土井直美的声音。

我坐着没动，等待土井打开手电筒。手电筒没有亮，我们却听到某个地方有什么猛地倒下的声音。

"啊！怎么了？"金子问，"喂，土井小姐。"

没有听到土井直美的回答。

"发生什么事了？"市长喊。

不久，灯亮了。几乎同时，富米一声惊叫。

土井直美趴在楼梯下面。我马上跑过去，抓起她的手腕，脉搏已经停止跳动。

"不好。"我嘀咕着,扫了一眼她周围,发现手电筒落在地上。我没有伸手去拿手电筒,而是仔细观察了一番。

有机关。

"手电筒怎么了?"市长走近问道。

"不要碰!"我伸手制止了他,"开关附近有针,针尖涂有剧毒物质,能够引发神经系统中毒。我猜是尼古丁。"

"啊?"市长慌忙缩回手去。

"啊,这个……"金子从地上捡起一张纸,看了一眼,递给我,脸色变得苍白。纸上面写着:

罪恶在死者的口袋中。

我再次蹲到尸体旁,把手伸进土井直美的上衣口袋。右边的口袋中有一张叠起的纸条,上面的内容,我已预料到了大半。

她被诅咒迷惑了,成了禁忌之书的俘虏。

"啊,不要,放了我!"金子忽然喊了起来,退到窗边,"下一个就轮到我了吧?是想杀了我吗?放了我!我没做错什么,我什么也没做!"

"金子,冷静一点!"市长安抚道。

"别靠近我!"金子喊道,"快叫警察,马上叫警察!"

"话虽这么说，但现在讯号中断，没有办法。"月村博士说。

"那我去叫！我现在就回去通知警察。借给我车，给我车钥匙！"他伸出右手说道。

"下着雨很危险啊。"富米似乎很恐惧，说道。

"比待在这种地方安全多了。快，给我，把车钥匙给我！"金子继续喊。

市长、月村博士和我对视一眼，脸上都写着同样几个字：无可奈何。

市长掏出车钥匙。"开车时一定小心，有很多路没有铺柏油。"

"我有把握。"金子一把夺过钥匙，警惕地看着我们，沿着墙根走向大门。

"金子先生！"月村博士冲着他的背影喊，接着对停下脚步转过身的他说，"你也可能是凶手啊。装着要去报警，其实是要逃跑，也有这种可能性啊。"

金子脸上浮现出僵硬的笑容。"像我这样的名人，若遭警察通缉，很容易就会被抓到。"

"倒也是。"市长两手插在口袋里，说道。

"我走了。祈祷不会再有人被杀。"金子匆匆往大门口走去。

"咦，金子先生，您这是要去哪里啊？"好像是正在检查发电机的门卫的声音。

"回城里。待在这种地方，不知什么时候就被杀了。"

"可是……这种天气，您还是别走了。"

"行了，别管我！"传来粗暴的关门声。

门卫慢吞吞地走了进来，问："到底发生了什么事？"

市长没有说话，指了指土井直美的尸体。

门卫瞪大了眼睛。"什么……土井小姐也被杀了吗？这是怎么回事啊……"

不知是不是因为听了门卫的话，富米的眼泪哗哗地流了下来。"到底是怎么回事……怎么会发生这么可怕的事情！"

"弄清楚断电原因了吗？"我问门卫。

"嗯，我去盥洗室查看配电盘，发现插座上装着这样的东西。"他说着拿出一个像是小座钟的东西。那是一个智能计时器，输出端子被设置为短路，只要时间到了，电闸就会自动掉下来。

是谁做的手脚？去盥洗室装计时器这种事，谁都可以做到。

"不管怎么说，先把尸体搬进房间吧。"月村博士提议。

我和市长搬运土井直美的尸体，月村博士先行一步，给我们开门。

"大河原警部大概会被吓坏吧，又发生了命案，而且就在我们身边。"把土井直美的尸体放上床后，市长看着死者的脸，半是自嘲地说道。没有人回答。

我忽然想起来了，看了一眼门后，那里挂着一块刻有"SAT"的牌子。不用说，上面画了个"×"。

不管怎么想，凶手不是有选择性地将土井直美杀害的，因为无论是谁，都有可能拿到那把手电筒。

一个想法在我脑中快速浮现，就在它快要成形时，一直看着窗外的月村博士忽然说:"真奇怪!"

"怎么了?"市长问。

"车子一点儿也没动……那是市长你的车吧?"她指着窗外。

"是我的车。真奇怪,金子在干什么?"

我们三人面面相觑,默默走出了房间。

"啊,又出什么事了吗?"或许是从我们的表情中觉察出了什么,在楼下等待的富米表情僵硬地问。

没有人回答,我们根本没有时间向她解释。

出了门,我拿起门卫的手电筒。上面没有毒针。

我们撑着伞,走出大门,来到外面。暴风雨变得更加猛烈了,天气比想象中的还要恶劣。一瞬间,所有人都被浇透了。

但是,我们顾不了那么多,仍旧朝着汽车前进。伞被风吹得东倒西歪,单薄的月村博士有几次差点摔倒。

终于来到汽车旁边,我打开手电筒,查看车内。

金子趴在方向盘上,一动不动。发生了什么,后面两人也一定很清楚,但他们没有发出一点惊讶的叫声。

6

我站在车窗外观察了一会儿。金子身上好像没有任何外伤。
"退后。"说完，我屏住呼吸，拉开车门。
金子的身体一下子歪出车门，上衣口袋里的烟斗也掉了出来。
"搬吧。"市长像是如梦初醒般伸手说道。
浑身湿透的我们费尽九牛二虎之力才将金子搬进屋中。等在门口的富米看到第三具尸体，顿时颓然瘫坐在地上。
"死因是什么？"市长问我。
"是毒气吧，很可能是氢氰酸。氰化钾与酸混合后放在车内，很快就会释放毒气。进了密闭的车内，只要一呼吸，就会毙命。"
市长无可奈何地摇了摇头，身体剧烈地颤抖。被雨淋透可能只是发抖的原因之一。
"啊，这是什么？"月村博士从金子掉落的烟斗前端抽出一个纸团,展开后递给我。

罪恶在死者的床下。

"我去看看。"博士去了二楼。几十秒后,她回来了。只说了一句"找到了",便又递给我一张纸条。

他被诅咒迷惑了,成了禁忌之书的俘虏。

正如我所料,我并没有感到惊讶。
"这是怎么回事?"市长似在呻吟。
"不管怎么说,先把尸体搬进房间吧。"我话音刚落,忽觉有人影在旁,于是往走廊看去。

小绿站在那里,像一个幽灵。她看了金子一眼,苍白的脸因痛苦而略显扭曲,然后对着市长说道:"果然不该那样做啊。诅咒不是迷信,大家都死了,都是因为我……这种事情……太过分了,太过分了!"说完,她竟号啕大哭起来。

"你说什么呢?哈哈哈,我说你这是怎么了?真不明白你在说什么。"市长抚摸着小绿的背,看着我,不好意思地笑道,"她像是吓着了,都不知道自己在说什么。"

当然,我并不相信市长的话。我确信小绿掌握着一个重大事实。

"不管怎样,我们先去客厅吧。"我说道。就这样,金子的尸体被我们放在了大门口。

客厅里，失去了主人的椅子并排而立，我们决定进行最后的谈话。至于土井与金子椅子上的"SAT"和"FRI"上是否画了"×"，已经无关紧要。

"在听小绿说话之前，我想先明确一件事。"我盯着其中一个人说，"那就是，你为什么要这么做？我真不敢相信，你就是杀人魔。"

我的视线前方是月村博士毫无表情的脸。她动了动嘴唇，说道："你有什么证据说我是凶手吗？"

"在从各个方面重新审视案件之后，我认定凶手就是你。"

"真有意思，那我可得好好听听你的推理了。"月村博士双手抱在胸前，跷起了腿。虽然头发已被雨淋湿，滴着水珠，她却一点都不在意。

"这起案件中最为关键的是，凶手其实并没有以特定人物为目标。说得更清楚一点，不管谁死了，都没关系。"

"怎么会呢？"说话的是市长，"从现场发现的纸条来看，凶手是有计划地实施犯罪啊。"

"那只是一个骗局，我也差点被骗了。"我的视线回到月村博士身上，"以金子先生为例，他去开市长的车，这件事不是相当具有不确定性吗？难道凶手已经预测到金子先生会强行去开市长的车？不可能的。土井小姐也一样，除了她，其他人也有可能碰触手电筒。但是，凶手不在乎是谁，因为她只须在被害人出现后，调整接下来要做的事就可以了。"

"但是，每个人被杀，凶手都会留下一张纸条……"

"请回想一下，从金子先生的烟斗中拿出纸条的人是月村博士，但那张纸条真的原本就放在烟斗中吗？会不会有这种可能——月村博士将手中的纸条偷偷放进了烟斗，却装作刚刚发现，拿给我们看。"

"说来也是，从金子的床底下拿出纸条的也是月村。嗯……但是如何解释土井的情况呢？从她口袋里拿出纸条的可是你啊。"

"说得对。但在那之前，写有'罪恶在死者的口袋中'的纸条已躺在地上。当然，把纸条扔在地上的人就是月村博士。博士在知道死者是土井小姐的瞬间，将事先为她准备的那张纸条扔到了地上。"

"为土井准备的那张？"

"比如，如果倒下的是市长……"我说道，"为市长准备的纸条就会被扔在地上。上面大概会写着什么呢？很可能就是'罪恶在死者的枕边'。如果发现者去枕边寻找，又会出现一张纸条：他被诅咒迷惑了，成了禁忌之书的俘虏。"

"枕边？"

"我只是举个例子。月村博士已经提前在每个人的活动范围内放置了写有同样内容的纸条。市长、小绿和我也不例外。土井小姐的是在上衣口袋里，博士肯定是趁大家不注意时将纸条放了进去。金子先生的纸条大概真的是在床底下，木部先生的则夹在他的著作中。那时被下毒的果然是冰块。月村博士当然不知道谁会'幸运'地夹起毒冰块，直到木部先生倒下。大家惊慌失措时，她冷静地进行了下面的行动——准备好给木部先生的纸条'罪恶在死者的书中'。然后，到了九点，石英钟里的鸽子报时的时候，她装作发现鸽子嘴里衔有东西，巧妙地将自己手中的纸条与鸽子嘴里的调包。或许鸽子的嘴里只是一张白纸。"

"是啊。"市长似乎回想起当时的情景，连连点头道，"对，从石英钟上取下纸条的人是月村。现在想来，是很简单啊。"

"另外，你还动了一点小手脚，"我又转向月村博士，"就是在房门后挂的牌子上画上'×'，目的是让大家确信凶手是有预谋地选择被害人的。如果观察一下，这其实也不难办到。牌子的正反两面刻有同样的字，你事先在反面的字上画上'×'。这样，在杀人之后，你只要趁大家不注意时，将牌子翻过来即可。现在想想，只有你有机会这么做。尤其是搬运土井小姐的尸体时，你特意先进房间为我们开门。只要一眨眼的工夫，伸伸手，就能把牌子翻过来。"我最后问了一句："月村博士，怎么样？"

她面无表情，看着市长，手指做出夹香烟的动作。

市长从上衣口袋里掏出了香烟。"有点湿了。"

"没关系，有就行。"她衔起一支烟，用市长递来的打火机点着，吸了一口，吐出细细烟雾。"太棒了。"她说，"我本以为，在大家陆续死去之后，我总会暴露的，但没想到这么早。"

"为什么？"我问，"你为什么要这么做？"

"为了保护这座小城。"

"保护这座小城……小城有什么危险吗?"

"当然,"她吐了一口烟,"诅咒。"

"诅咒……那个诅咒吗?"

"对,就是那个。"博士点了点头,说道,"因为它,水岛先生和火田先生都被杀了。如果坐视不管,还会有更多人因此丧命,而且不是正常死亡,而是死于离奇凶杀——或者在一个不可能出入的房间里被人勒死,或者留下神秘的文字后死掉,或者尸体在瞬间被移动,或者凶手忽然消失……我想保护小城,让它远离这荒唐的一切。"

"为此不惜杀害同伴?"

"我没有选择,因为他们已被诅咒俘虏。总有一天,他们会像水岛先生和火田先生一样因诅咒离奇身亡,如果那样,诅咒就会继续蔓延。在一切不可收拾之前,我决定自己动手,偷偷将他们杀掉。"

"你是想在这里杀掉所有人吗?"

"是的。"

"但那样会留下一个最大的谜团——只有尸体,没有凶手。你不觉得这才是真正的诅咒吗?"

"我只要写封遗书,就没有任何谜团了,而所有相关人员也都不在了。你所说的那种情况是不会发生的。"话音刚落,她把一样东西塞进嘴里。

"坏了!"我站起身来。

已经迟了。月村博士瞪大眼睛看了我一眼,就软绵绵地趴在了桌子上。

"月村!"

"博士!"

我和市长几乎同时跑到博士身边。当然,已经迟了。

忽然,小绿号啕大哭。"都是我,是我的错,我要是不那么做就好了……大家都死了!大家都死了!"她大声喊着,像要吐出血来。

市长抱住女儿,她仍旧哭泣着。

"我……我能把女儿带回房间吗?"市长问我。

"那样比较好。"我答道,"但是,我想听听你的解释。"

"我明白。"他说道。

7

偌大的客厅里,我和市长隔桌相对而坐。月村博士的尸体就在旁边,已盖上了毛巾。

"六个人啊……"市长叹息,"我本是为了小城好,没想到却会是这样的结果……是我想得太简单了。"

"你到底出于什么想法,做了什么呢?"我问道。

市长一脸苦涩。"最初是从小绿的恶作剧开始的。"

"恶作剧?"

"盗掘。"

我略微仰了仰身子,目不转睛地看着市长。"盗掘者是她吗?"

"唉,都怪我管教不严。"他挠挠额头,"我有一把纪念馆钥匙,她用的就是那把。"

原来如此。看来,事情不是我先前推测的那样——门卫打眈时，钥匙被偷走了。有点对不住门卫。

"或许你已经发现了，被偷走的是一本书。"

"嗯，我知道。"

"那是一本非常不可思议的书，里面全是超乎想象、令人匪夷所思的杀人故事。每一篇都以一个神秘难解的谜团为开端，读者会被谜团深深吸引，不忍释卷，总之非常有趣。我在这个世界还不曾体味过那种趣味。我很快着了迷，也因此忘了责备小绿。"他脸上隐约浮现出一丝笑意，继而又严肃地说，"我本应责备小绿，然后把书放回原处，或者直接交给月村。但是，我没有那么做。读了那本书之后我想到，可以靠它让小城里的人觉醒。"

"什么意思？"

"从很久以前我就觉得，这个小城缺少一样东西，一样最为关键的东西。现在，我终于知道那是什么了。那本书里描写的事情应该在这个小城发生——不，或者说，正因为是这个小城，才不得不发生那样的事情。小城正是为那些事情而创建的，人们因此而存在，时间也因此而流逝。我发现了这一点。"

他的语调逐渐高昂，充满热情。那种动人的力量让我想起了选举。

他舔了一下嘴唇，做了个深呼吸。"但是，这也正是月村博士所说的诅咒。曾经，有一个我们不知道的人，为了封住诅咒，把这本书埋在了木乃伊的脚下。我起先还犹豫是否让诅咒复活。最终，我没能抛弃这个极具诱惑力的想法——让小城复苏。你可以认为，这么做是因为我是市长。我首先把书交给了火田俊介，你应该明白为什么——我想让他选取几个故事作为他的作品发表，借此扩散这本书的魅力。"

那份叫"斜面馆杀人事件"的书稿。我很快就明白了，也正如我预料。

"火田赞同我的想法。不仅如此，他还不忍独享这本书的巨大魅力，未向我打招呼便私自将书拿给水岛、木部、土井和金子看。所有人都成了俘虏，正如纸条上所写，成了诅咒的俘虏。直觉告诉我，小城正在改变，我所期待的事情迟早会发生。但是，还有一个问题，你知道是什么吗？"

"没有侦探。"

"正是。"他用力点了点头，说道，"发生了杀人事件却没有侦探，故事就不完整。而且，为什么小城里没有侦探？最该有的却偏偏没有。于是，我决定召唤侦探，召唤被埋藏的这本书的主人公——名侦探天下一。"

"怎么做呢？"我问。

他微微一笑，说道："也没什么难的，就是向书中所写的地址寄了一封信而已。"

"仅仅如此？"

"仅仅如此。你很快就来到了这个世界，来到了我们身边。"

难道我就是这样被叫到这个世界的吗？

"但是，有一件事令我很为难。那就是你已经来了，我却没有什么可以拜托你去调查。于是，我跟你讲了盗掘一事，请你找出盗掘者。"

我不由得摇了摇头："真没想到盗掘者竟然是小绿。"

"我不是有心欺骗,只是一心想让小城复苏。我还要向你道歉,一开始拿给你看的报纸,实际上是伪造的。"

"是报道壁神家杀人事件的那份吗？"

"壁神家杀人事件只是那本书中的一个故事,我参照这个故事伪造了一份报纸。如果不那么做,无法向你解释我是如何找到你的,又为什么要拜托你去调查。"

"是这样啊,真是煞费苦心。"

"若是遭你怀疑,就什么也做不成了。"市长双手一摊,"就在这时,命案一起接一起地发生了。不出我所料,密室杀人、凶手消失,这些案件你都完美地侦破了。唯独让我担心的是,遇害者都是纪念馆保存委员会成员——可以这么理解,诅咒正在袭击被埋藏之书的读者。我想,那也没有办法,但是小绿无法接受这个现实。那孩子坚持认为,正因为她未经允许私自挖出了那本书,才导致悲剧频发,因此非常痛苦。所以,我决定先让此事告一段落,于是把大家召集到了这里,表面上的理由是让你帮我们找出盗掘者。"

"不料却导致惨剧发生。"

"我做梦也没想到月村博士会那么想。我唯独对她隐瞒了盗掘的真相,但她好像已经察觉到了。真是可怕啊……"市长仰面看着天花板,长叹一声,"我能说的就只有这些了。你还有什么不明白吗？"

"呃……"我想了一下,摇摇头,说道,"没有了,这些就足够了。实际上我还有一点想不通,但是恐怕你也无法回答,那是关于我自身的问题。"

"让你大老远来到这里,给你添了这么多麻烦,真是很抱歉。"市长低下头。

"你没有必要向我道歉。但是……"我说道,"我真的感觉自己走了很远的路。"

8

这栋别墅已成凶宅,但半夜三更,夜路难行,我们决定就住在这里。暴风雨已略为平息。

我躺在床上,想了很多事情——市长的话、至今为止的凶杀案、尸体、诡计,还有我自己。身体虽已累得无法动弹,头脑却非常清醒。

我开始回想自己在原来的世界中做过的事。我以前在拼命地做些什么呢?我想通过自己的小说,创造一个富有魅力的世界。但是,怎样才叫富有魅力呢?是能够令自己满足的世界吗?那么我什么时候才能满足呢?

很久很久以前,我想创造一个自己喜欢的世界。我很幸福,而且从不关心他人的看法。我在追求对自己而言非常舒适的乐园。

我又开始回想,我是什么时候没了那份感情的。似乎太过久远，我无法忆起具体的时间。但是，的确有那么一段时期，那份感情十分浓烈。在沙滩上专心致志地堆城堡的小孩，一点儿都不在意其他孩子的眼光，手中的城堡是他唯一的目标。

我开始回忆自己堆的几座沙堡。悲哀的是，我自己将它们一一踩碎了。如今，我还记得当时说过的话——

"这种无聊、幼稚、非现实、不自然的东西，这种东西，这种东西……"

这是怎么回事？看着自己精心建造的城堡，我竟然感到耻辱，甚至试图忘掉当时的自己。

不知不觉，我流下泪来。一瞬间，我明白了。我是为了能够在这里像这样流泪，才来到这个世界的。

就在这时，我听到了一个声音——隔壁房间的门正被人强行撬开。

隔壁房间，就是标着"WED"的房间，我本应该睡在那里的。

对，我现在躺在标着"TUE"的房间里。出于某种考虑，我秘密转移了房间。

转移之前，我做了一个手脚，从外部用铁丝将门闩上了。如果有人试图从外面打开门，肯定会认为我就在房间里。

正在撬门的人正是如此。我拿着手杖，慢慢下床，想要去走廊看看。就在这时，隔壁房间的门被打开了。

两声枪响。

我吓得腿都软了，但还是走进走廊，查看隔壁的房间。门上的铰链松开了，我从那里向内窥视。

一个黑影站在床边。床上看似有人,但实际上被子下是我预先准备的枕头和被子。

黑影发现了我,立即向窗子冲去。玻璃的破碎声、撞击屋檐的声音响作一团。我跑到窗边,黑影已爬上附近的皮卡车。

我回到房间,迅速换上衣服,朝大门跑去。好像有人在叫我,但我没有时间回答。

雨已基本停歇。我在仓库附近发现一辆破旧的摩托车。

隐隐约约地,我意识到自己应该往哪里去。我和那个地方似乎早有约定。

我站在纪念馆的入口。这个谜一样的破旧小屋好像一直都在等待我的到来。

我走近纪念馆正面破旧的木门,上面挂的那把简陋的铁锁现在不见了。我推门走了进去。

昏暗的室内空无一人。我看了一眼通往地下室的暗门。门敞着,通往一片漆黑的楼梯。我弯下身子,摸索着走下去。

我来到地下室,点亮天花板上的煤油灯。一瞬间,无数细碎的黑影跃动起来。

我正要踏进放有木乃伊的房间,黑暗中传来一个声音——

"你终于来了。"

9

"想要杀我的人果然是你。"我对着黑暗说。虽然只是依稀看到人影,我却觉得能清楚地看到那张脸。"你和月村博士是共犯。你们合谋,要把我杀掉。就连月村博士自杀也只是为了让我放松警惕。"

黑影慢慢地从暗处走了出来,在煤油灯微弱的光照下,鼻子、眼睛、整个面部轮廓逐渐清晰。那张脸和我脑海中的一模一样。

"不愧是名侦探,"他说,"真是头脑敏锐,敏锐到甚至让人觉得不真实。但我仍然觉得很无趣。你在推理上的这种敏锐,其实不过是投机取巧罢了。"

"有很多人喜欢这种敏锐。"

"从你口中听到这样的话,我很诧异。"他,纪念馆的门卫,将枪口对准我走了过来。

"你究竟为什么要杀我?"

"杀你……这是什么话?我要杀掉的是侦探天下一,这样你就能逃脱天下一的咒缚,回到原来的世界。这样也就皆大欢喜了。"

"看来什么你都知道。"

门卫冷笑道:"当然!你以为我是从什么时候起待在这里的?"

"是从杀了那个侦探的时候开始吗?"我问,"那个成了木乃伊的侦探。"

"我先声明一下,杀了那个侦探的不是我,是……"

"我知道,"我点点头,"我什么都知道了。"

"真的?"

"嗯,我知道了。"我环视四周,继续说道,"这是小说里的世界。"

"不是一般的小说。"

"当然,这个我也知道。"我又环视周围,说道,"原本是本格推理小说的世界。"

门卫挤出一丝让人厌恶的微笑,说道:"真行啊,还用过去时——原本是本格推理小说的世界。对,那已经是过去的事情,现在不一样了。"

"这是我刚开始写推理小说的时候——不,应该说当我对推理小说开始感兴趣的时候,存在于我脑中的世界。我以这个世界为舞台写过几部小说,天下一就是当时小说中的登场人物。"

"那时候你还很年轻,不,应该说还是个孩子,所以才创造了这样一个无聊的世界。"

"但这里是我心灵的乐园。"

门卫冷笑一声:"无论是谁,上了年纪都会怀念年轻时游玩过的地方。但是,仅仅如此。我想提醒你,抛弃乐园的正是你自己——不是别人的命令,而是你自己的意志。"

"我没有忘记,而且我一点儿都不后悔。"

"那我就放心了。"

"我意识到这个世界存在缺陷。我明白,自己还有更多想做的和不得不做的事情,为了成就它们,我不得不走出这里。"

"那才是正常的。从那以后,你就丢弃了以密室为代表的诡计类小说形式,开始回避本格推理小说。"门卫说完,哧哧地笑了起来,"你明明是以密室类推理小说成名的。"

"对我抱有这种印象的人很多啊。"

"改变他人对自己的印象很难。"门卫点头道,"但是,我已尽最大的努力来帮助你。你离开的时候,命令我和月村博士保护这个小城,让它不被诅咒——本格推理的诅咒伤害。所以,我们一直守卫着被你封存的那本小说。但是,那个小姑娘多事,令整个小城被诅咒包围。密室杀人、凶手消失——令人怀念的本格推理小说就这样复活了。"

"但是,正因如此,小城里的人们才想起自己存在的价值。"

"这一点无法否认。"门卫竖起了眉毛,"因为你封存了带有诅咒的本格推理小说,小城变成了一个不完整的世界。不管是奇形怪状的房子，还是复杂的人际关系，都是为发生本格推理小说事件而设置的。既然已经没有了本格推理，属于小城居民的故事也就无法发生。但是，这也没有办法。他们的使命都已终结。"

我无法反驳，或许他的话没错。"很久没有来这个世界，再次回来令我想明白了一件事情。"

"什么？"

"我已不再适合这个世界。被隔绝的空间、人为的设定以及作为棋子的登场人物……这些都不再符合我的风格。"

"这是自然的，对你来说也是件好事。"

"我想我不会再回到这里了。"

"既然你这么说，"门卫又将枪口对准了我，"已经没有留恋了吧？现在，我就让名侦探这种可笑的角色消失。"

"等一等——的确，我可能不会再回这个世界了。但是，我想让它留在我心中。"

门卫似乎难以理解，缓缓摇了摇头。"为什么？记不清是谁说的——难道是因为这里是推理的故乡？"

"或许吧。反正我不想像上次那样再把这里封存。我想留一个属于自己的乐园，无论什么时候，都可以回来。"

门卫继续摇头："我还是不明白。你到底是想回来，还是不想回来呢？"

"我不想说得那么绝对。我并不憎恨这个世界，我希望无论何时都能想起它、怀念它。"

门卫叹了一口气,拿我没辙似的举起双手。但是,他的眼中出现了一丝温情。"我明白了,你爱怎样就怎样吧。那我应该怎么做?这里已不需要我守卫了,我是不是该消失呢?"

"留在这里吧,"我说,"我想让你继续守卫这个世界。"

"责任重大啊。"他耸了耸肩。

"你能做到。"

"我试试看吧。"门卫终于放下了枪,"那……你呢?要走了吗?"

"是啊,差不多该走了。"

"不送你了,就此别过吧。你知道怎么回去吧?"

"嗯,知道。"

我正想是否应该和他握手告别,他却把头扭向一边。我从他身旁走过,朝着狭窄的楼梯口走去。

到了一楼,我又沿梯子爬上二楼。那扇门,毫无疑问,是通往我应该回归的那个世界的门。

来到二楼,我发现小绿睡在角落的床上,可能是市长送她来的。她发现我后,噌地跳了起来。

"你在这里啊。"我说。

她盯着我,僵硬地走了过来,抱着一本破旧的书。"对不起。"她把书递了过来。

我接过书,翻开第一页。对众多登场人物进行说明的角色表和奇形怪状的房屋平面图映入眼帘。我不由得苦笑。这正是我从前以小城为舞台写的本格推理小说。密室杀人、尸体瞬间移动、密码诡计、拆穿不在场证明、一人分饰两角……作品包含了各种各样的本格推理要素。

埋在木乃伊脚下的,就是这本书。

"一开始我没想偷,"小绿说,"只是想去看一下那里埋着什么。没想到发现了这本书,着了迷……"

"读完之后放回去不就好了?"

"是这样想的,但中途才发现……"

"发现什么?"

"对于这个小城,还是解开诅咒的封印比较好。书中描写的那个世界应该在这里复活。"

我无法直视她那真挚的目光。作为本格推理小说的登场人物而被创造出来的角色,追求适合自己的舞台也是理所当然的。

"而且……"她说道,"我还想,若是本格推理小说的世界复活,天下一先生肯定会回来的。"

"啊?"我吃惊地看着小绿。

她的脸有些红。"我想见他。"她小声说。

"那可真是……不好意思。"我想了想,把手里的书还给了小绿,"这个送给你。"

她长长的睫毛扑闪着。"真的吗?"

"真的。这才是最好的结局。"

小绿接过书,和刚才一样抱在怀中,小声说了句"谢谢"。

我笑着点点头,侧过身。谜一样的门就在那里。"那么……"

"要走了吗?"小绿的声音被泪水打湿了。

"嗯。"

"您一定不会回来了吧?"

"可我不会忘记我们之间的故事。密室、奇怪的宅子……我都不会忘记。"

"请不要忘记……"她修长的身体在颤抖。

我再次看着那扇门。门上刻着"WHO DONE IT?"这句话。

Whodunit——是谁杀的?

被杀的毫无疑问是那具木乃伊,木乃伊的真正身份是名侦探天下一。

上次离开这个世界时,我把他杀了。现在我还清楚地记得当时说的话——"我才不需要什么天下一。"我一边说着,一边把子弹射向他的额头。

在"WHO DONE IT?"这句话的下面,排列着二十六个英文字母。我慎重地摁下自己名字的拼写——不是天下一的,而是我的。

摁完最后一个字母,变化出现了。门的四周开始发光,门把手附近传来东西脱落的声音。

伸手拉门之前,我又回过头去。小绿一只手抱着那本书,一只手用力挥舞着向我道别。

我拉开门,迈开脚步。

终章

迈出门去的我脚上穿着常穿的拉夫·劳伦袜,脚下踩着铺有淡紫色地毯的地板。

哐当!身后传来关门的声音。我回过头去,关上的正是我熟悉的那道门。

我站立的地方是我的工作间。

书架上的书籍胡乱摆放着,桌子上,资料、杂志以及其他各种不知何物的纸类堆积如山,电脑桌上还和我离开时一样放着团起来的卫生纸。

我打开窗子,门外的柏油路上,一个穿着紧身运动衣的中年女人正带着自家的哈士奇散步。路的对面,知名建筑公司建造出售的房屋鳞次栉比。当然,如果从对面往这边看,也是一样的景象。三菱帕杰罗和旧款日产天际线 GT-R 从门前驶过。GT-R 车上传来硬摇滚的鼓声。

我关上窗,坐在电脑桌前,两手放在脑后靠着椅背,伸出双腿,挺直了身子。我没有穿皱巴巴的格子西装,也没有戴眼镜。

电脑旁的电话响了,我以比平日慢半拍的速度拿起了话筒。是和我有着多年交情的编辑角山。这次,我要在他那里连载小说。

"能去采访那个交警了。"他语速很快。

"真的吗?"我猛地站起身来,拿起手边的圆珠笔,顺手撕下一张便笺。

"他很忙,好像没有几天空闲。"

"没关系,我会调整自己的日程安排。"我看着日历,确认可以去采访的时间。日程有些紧,但我也不好要求太多。

"还有什么需要我帮忙调查的吗?"角山问道。

"没有了,剩下的我自己想办法。"

"好的,有什么事我们再联系吧。"说完,他挂了电话。

我在墙上的白板上写下采访计划。

要在角山那里连载的是一部以交通警察为主要人物的推理小说。以前我也写过这类题材的短篇,但现在想正式写一部此类作品。交通问题,我向来很关注。

我想起了和角山会面时的谈话。我是这样说的:"真实性、现代性、社会性是这部小说的三大支柱。若非如此,将难以在今后的推理小说界生存。诡计也好,凶手是谁也好,都已经不重要了。"

"正是。"角山表示赞同。

一想到接下来的对话，我苦笑起来。我和角山揶揄一些年轻作家最近写的那种本格推理小说，说它们落后于时代，国外根本没有人读。

我又和刚才一样，坐在椅子上挺直了身子，目光不经意间转向了书架。一本书映入了眼帘，是我以前写的小说。

奇怪！以前的书都被我打包放进仓库了。

我从书架上拿起这本书来，哗啦啦地翻着。正是在那个奇怪的小城里被封存的那本书。

某一页夹着一样东西，我把它拿在手里。

一朵蓝色的小花。是勿忘我。

那片湿地上群生的勿忘我在我脑中复苏了。我想起了小绿的话：请不要忘记……

回过神来，蓝色的小花已经消失了。我看看周围，没有小花的影子。

我合上书，闭上了眼睛。如果有一天还能写那样的小说该多好啊！

图书在版编目(CIP)数据

名侦探的咒缚 /（日）东野圭吾著；岳远坤译. -- 2版. -- 海口：南海出版公司，2019.1
（东野圭吾作品）
ISBN 978-7-5442-9452-2

Ⅰ.①名… Ⅱ.①东… ②岳… Ⅲ.①长篇小说-日本-现代 Ⅳ.①I313.45

中国版本图书馆CIP数据核字(2018)第238545号

著作权合同登记号　图字：30-2018-131

MEITANTEI NO JUBAKU
© Keigo Higashino 1996
Original Japanese edition published by KODANSHA LTD.
Publication rights for Simplified Chinese character edition arranged with KODANSHA LTD. through KODANSHA BEIJING CULTURE LTD.Beijing,China.
All rights reserved.

名侦探的咒缚
〔日〕东野圭吾 著
岳远坤 译

出　　版	南海出版公司　(0898)66568511
	海口市海秀中路51号星华大厦五楼　邮编 570206
发　　行	新经典发行有限公司
	电话(010)68423599　邮箱 editor@readinglife.com
经　　销	新华书店
责任编辑	张　锐
特邀编辑	王心谨　崔　健
装帧设计	朱　琳
内文制作	王春雪
印　　刷	北京盛通印刷股份有限公司
开　　本	850毫米×1168毫米　1/32
印　　张	7
字　　数	130千
版　　次	2010年10月第1版　2019年1月第2版
印　　次	2023年7月第33次印刷
书　　号	ISBN 978-7-5442-9452-2
定　　价	45.00元

版权所有，侵权必究
如有印装质量问题，请发邮件至 zhiliang@readinglife.com